EFRÉN
DIVIDIDO

ERNESTO CISNEROS

EFRÉN

DIVIDIDO

TRADUCIDO POR
DAVID BOWLES

Quill Tree Books
Un sello de HarperCollinsPublishers

Quill Tree Books es un sello de HarperCollins Publishers.
HarperCollins Español es un sello de HarperCollins Publishers.

Efrén dividido
Texto: © 2020 por Ernesto Cisneros
Traducción: © 2023 por HarperCollins Publishers
Impreso en los Estados Unidos de América.

Library of Congress ha catalogado la edición en inglés.
ISBN 978-0-06-324964-6

Diseño del libro por David DeWitt
23 24 25 26 27 PC/CWR 10 9 8 7 6 5 4 3 2 1

La edición original en inglés de este libro fue publicada por Quill
Tree Books, un sello de HarperCollins Publishers, en 2020.

Para mis hijos, por inspirarme a escribir este libro. Lo dedicamos a todas las familias inmigrantes que siguen siendo cruelmente separadas, y especialmente a todos los niños valientes que se ven obligados a vivir esta historia.

CAPÍTULO 1

Una vez más, Efrén Nava despertó con un pie gordito en la mera cara, envuelto en piyama mameluco. Entrecerró los ojos ante los brillantes rayos amarillos que se asomaban por las persianas rotas y miró a su izquierda. Pero no era el pie de Mía. Ella estaba profundamente dormida, acurrucadita en el borde del colchón con la misma muñequita desnuda cuya ropa le había quitado y perdido hacía mucho tiempo.

Miró a su derecha.... y efectivamente, el pie era de Max. Cómo había logrado pasar rodando por encima de Efrén durante la madrugada, ni idea. Efrén negó con la cabeza y suspiró. Pero luego vio un pequeño agujero en el pie derecho del mameluco de su hermano menor. Sonriendo, Efrén se lamió la punta del dedo meñique y lo metió al agujero, mojando de saliva el dedo gordo de Max.

Efrén se tapó la boca para ahogar la risa cuando Max, dormido, apartó la pierna. Sin embargo, la victoria no duró mucho. Max se dio la vuelta en sueños y plantó el otro pie en la cara de Efrén.

No había manera de ganar. Efrén bostezó hasta quedar completamente despierto, y luego volteó hacia el rincón del cuarto donde dormían sus padres. Una vez más, su apá se había ido. Tampoco estaban ni su chamarra gruesa ni sus botas de trabajo gastadas al lado de la puerta principal. Por muy temprano que Efrén intentara levantarse, nunca podía encontrar a su apá preparándose para el trabajo.

Su amá era igual. Nunca se quedaba en la cama. En cualquier momento, se despertaría, se desenredaría de las colchas y se dirigiría a la cocina a preparar el almuerzo. Había una olla llena de frijoles que habían quedado de la cena de la noche anterior, y eso quería decir que estaría haciendo sopes esta mañana, los favoritos de Efrén.

Pero antes de almorzar, Efrén tenía algo importante que hacer. Sujetando el mameluco, se quitó la pierna de Max y se levantó, asegurándose de no molestar a Mía, que ahora se acurrucaba cerca de Max.

Efrén pasó por encima del par de piernas y brazos diminutos que bloqueaban su camino. No estaba seguro de qué era peor, compartir un colchón con dos niños de kínder o compartir el baño. El apartamento de su familia consistía en un solo cuarto grande, por lo que el único lugar donde podía encontrar paz y tranquilidad era en el baño.

Efrén se miró en el espejo y se estremeció con dolor al quitarse las tiritas de cinta adhesiva que aplastaban sus orejas contra su cabeza. Se le había ocurrido la idea después de escuchar repetidamente a su amá regañar a sus hermanitos por hacer muecas.

—Sus caras se les van a quedar así —decía—. Congeladas para siempre.

"Congeladas para siempre".... Efrén contaba justo con eso.

Era solo una teoría… pero si fuera incluso un poquito cierto, supuso que lo mismo pasaría con sus orejas. Si lograba aplastarse las orejas lo suficiente, terminarían congeladas en esa posición y ya no sería tan orejón. Solo tenía que asegurarse de que se aplastaran de la manera correcta durante unas semanas más y ¡listo! Orejas normales que no resaltarían como los electrodos en el cuello del monstruo de Frankenstein.

Después de ocuparse de sus necesidades, Efrén se metió en la tina vacía con el libro que recién había sacado de la biblioteca: *Hay un niño en el baño de las niñas*, escrito por uno de sus autores favoritos, Louis Sachar. A Efrén le encantaba leer libros, incluso cuando ya los había leído antes. Era como visitar a un viejo amigo.

El personaje principal, Bradley Chalkers, era lo máximo. Y no solo porque tuviera un lado muy dulce que sus compañeros de clase no podían ver. No. El muchacho tenía aguante. Por muy difíciles que se pusieran las cosas, Bradley no se rajaba. Seguía peleando. Como el mejor amigo de Efrén, David. Otro muchacho incomprendido.

Algunos estudiantes solo lo veían como un gringo rico al que le gusta vestirse llamativo y apantallar a los demás con su más reciente joyería. Pero Efrén conocía al verdadero David. El mismo muchacho que una vez se quitó la sudadera que llevaba puesta y la donó para una colecta de ropa en el barrio.

Normalmente, Efrén se quedaba acostado en la tina leyendo y riendo hasta que una estampida de pies se acercaba corriendo hacia la puerta. Pero esa mañana, sus párpados estaban muy pesados y la necesidad de dormir era demasiado poderosa. No pudo resistirlo, no después de quedarse despierto hasta tan tarde esperando que amá regresara de trabajar horas extras en la fábrica.

Durante las últimas semanas, había habido mucha habladuría, mucho chisme (sobre todo en la lavandería) sobre las redadas y puntos de revisión policial que se estaban llevando a cabo por toda la ciudad. Efrén trató de no pensar en lo que había visto en las noticias, todas las historias sobre familias separadas, niños enjaulados. Pero era más fácil decirlo que hacerlo.

Efrén no podía evitar preocuparse. A pesar de los numerosos sermones de su amá, y las repetidas amenazas de recibir un chanclazo, se quedaba despierto hasta muy tarde para asegurarse de que llegara a casa sana y salva.

Efrén se esforzaba por unir cabos con la información que escuchaba, pero no era fácil. Parecía que cada vez que sorprendía a los adultos hablando de la situación, alguien lo señalaba con la cabeza y cambiaban de tema, comentando casi siempre los minutos finales de la telenovela de la noche anterior.

Después de su siesta espontánea en la tina, Efrén escuchó ruidos en la cocina y se dirigió hacia allí.

Junto a la estufa estaba su amá, con esa bata peluda color celeste que, según Max, la hacía parecerse al Monstruo de las Galletas. Efrén se quedó parado un momento, admirando la facilidad con la que su amá formaba pequeños círculos perfectos con la masa de maíz y luego pellizcaba los bordes humeantes, creando un murito para que los frijoles no se escurrieran.

Sus manos se movían duras y rápidas como las alas de un colibrí mientras probaba la temperatura de la plancha tocándola con los dedos desnudos.

"¿Cómo hace para no quemarse?", se preguntó Efrén.

Los sopes de su amá eran deliciosos. Y aunque solo eran una tortilla de maíz gruesa cubierta con frijoles y queso ranchero fresco, a Efrén no le parecían comida de pobres. Para él… para Max… para Mía, eran un regalo especial. Solo uno de los muchos milagros que su amá realizaba a diario, algo súper chido.

"Super sopes", Efrén pensó en inglés. "Sopers!".

En ese caso, su amá sería *Soperwoman*. Efrén se rio para sí. La palabra le quedaba perfecta.

Al poco rato, Max y Mía se levantaron y se subieron a sus asientos habituales en la mesa.

—¡Sopes! —Se miraron y comenzaron a cantar—: Frijoles, frijoles, de las comidas más ricas, ¡lo más que comes, lo más que pitas!

Efrén negó con la cabeza.

—Deberían de practicar su inglés. My fifth-grade teacher, Mrs. O'Neal, used to say that's the only way to master the language.

—Aquí están. —Amá colocó el almuerzo en el comedor. Sus ojos exhaustos se arrugaban con su sonrisa—. Mijo, la mayor parte del mundo habla más de un idioma. Y el español es parte de lo que somos en esta familia.

Se acercó a Efrén y le revolvió el pelo.

—Lo entenderás cuando seas mayor.

Max y Mía estiraron las manos primero. Cada uno recogió un sope cubierto de frijoles y queso.

Efrén miró el último mientras su amá llenaba los vasos con jugo de naranja frío.

—Amá, ¿y el tuyo?

—Ay, amor... con un cafecito tengo.

El estómago de Efrén gruñó, pero fue su corazón el que dio las órdenes.

—Amá, ¿por qué no te comes el mío? Puedo desayunar en la cafetería comoquiera. No tiene sentido dejar que toda la comida de la escuela se desperdicie.

—¿Y que piensen que no puedo mantener a mis propios hijos? No, gracias.

Efrén suspiró.

—Ay, amá —dijo. Sabía que ella simplemente estaba siendo... bueno, su amá, sacrificándose como siempre.

Sacó una hoja de nopal que había cortado el día anterior de la planta que se asomaba por encima de la cerca vecina y, como si nada, le quitó las espinas con un cuchillo. Luego la sostuvo sobre la estufa con las manos. Cuando estaba bien tostada, usó una cuchara de palo para embarrarle el resto de los frijoles, creando una especie de taco de nopal.

—¿Ves? Estoy bien —dijo, dándole una mordida.

Ser Soperwoman no consistía solo en revisarles los dientes, aplastarles los remolinos y asegurarse de que Max usara solo un calzón a la vez. Incluía asegurarse de que todos usaran pantalones perfectamente planchados y que cualquier agujero hecho el día anterior fuera cosido o remendado creativamente.

—Una cosa es no tener mucho dinero —les recordaba su amá casi todas las mañanas— y otra es verse pobre.

De todas las cosas que hacía su amá, esta era la que más desconcertaba a Efrén. ¿Cómo podía una persona que a veces pasaba más de setenta horas a la semana encerrada en una fábrica detrás de una plancha humeante acercarse a una en casa? Por otra parte, esto probablemente explicaba su talento para voltear tortillas con las manos y llevarlas a la mesa de la cocina sin siquiera pestañear.

—Está bien, mijos. Es hora de arreglarse para ir a la escuela.

Todos conocían la rutina. Ponerse la ropa que su amá había preparado con esmero la noche anterior. Cepillarse los dientes. Peinarse bien y luego tomar la mochila con la comida del día adentro.

Su amá estaba a punto de repartir besos "bien hechos" cuando, de la nada, un helicóptero sobrevoló el edificio a muy baja altura, sus hélices rugiendo fuerte. La madre de Efrén agitó un puño.

—¡Ay, esta es la segunda vez en tres semanas!

Desafortunadamente, a veces las actividades nocturnas en el barrio se prolongaban durante el día. Las redadas domiciliarias, las persecuciones de autos y los sospechosos prófugos eran tan familiares como los carritos de los paleteros que vendían nieve afuera de la iglesia.

Su amá se dirigió a la puerta principal y le echó llave. Entrando en modo de encierro, Max y Mía cerraron con llave la puerta corrediza de vidrio en la parte trasera del apartamento antes de que su amá se lo pidiera.

Nadie dijo una palabra. Aguardaban unos gritos, unas sirenas o algo peor… un tiroteo.

Su amá se asomó por las capas de cortinas que había cosido el año pasado.

—Solo iba pasando.

Su amá apenas había abierto la puerta cuando los cuates pasaron corriendo junto a ella y salieron apurados.

—Niños, no corran por la… escalera. —Se volvió hacia Efrén, que estaba ocupado poniéndose la mochila—. ¿Qué voy a hacer con esos dos?

—¿Darlos en adopción?

Su amá le dio un coscorrón juguetón antes de salir con él.

Los cuates los esperaban junto al camión de botanas de Don Ricardo estacionado justo afuera.

—¿Nos compras unos chetos?

Efrén puso los ojos en blanco.

—Guys, for the last time, they're called CHEE-tos. CHI-ros, ¿captan?

Su amá sonrió y saludó a Don Ricardo (o Don Tapatío, como lo llamaba la mayoría del barrio por el enorme bigote y el sombrero que usaba).

—No, gracias —dijo ella—. Tal vez después de la escuela.

Don Ricardo le devolvió la sonrisa y asintió con la cabeza mientras ella sujetaba a los cuates por los brazos y los apartaba del camión.

—… si es que se portan bien —agregó.

Efrén y su amá siguieron a los cuates al patio de kínder. A pesar de que la escuela sólo estaba a unos metros, su amá nunca los dejaba ir solos, ni siquiera a Efrén, que asistía a la escuela secundaria a solo unas cuadras de distancia.

Entre los columpios y el trozo de tierra que se usaba para jugar a las canicas, Max y Mía abrazaron a su maestra favorita, la Sra. Solomon. Era una mujer mayor, vestida con un traje de negocios gris y tenis blancos que hacían un fuerte contraste. Por fin la soltaron y corrieron a jugar en el pasamanos.

La madre de Efrén se acercó a la maestra para darle un abrazo.

—Sra. Nava —preguntó la Sra. Solomon—, ¿cómo está?

—Excelente, maestra. Excelente.

La Sra. Solomon se volvió hacia Efrén.

—Y usted, señorito, se está volviendo casi demasiado

grande para abrazar. Casi. —Se inclinó hacia él y lo abrazó también.

Aunque lo apretaba tan fuerte como para sacarle el aire, Efrén siguió sonriendo.

La Sra. Solomon se detuvo para examinarlo una vez más.

—No puedo creer lo mucho que has crecido. Me estoy haciendo vieja.

—You're not old, Ms. Solomon —respondió Efrén en inglés—. Se ve igualita ahora que cuando era mi maestra.

Y, por supuesto, esto la hizo reír.

—Buenos días —intervino su amá—. ¿Cómo se han portado mis pequeños?

La Sra. Solomon volvió la mirada y frunció los labios

—Solo un pequeño problema —dijo antes de soltar con una leve risa—. Ayer Max decidió esconderse debajo del lavabo y Mía no paraba de llorar hasta que lo encontramos.

Era típico de Max. A diferencia de Mía, Max nació con el cordón umbilical enrollado en el cuello. Lamentablemente, los minutos que Max pasó sin oxígeno le dañaron el cerebro. Le costaba aprender. Tendría que lidiar con aquello toda su vida. Amá dijo que fue un milagro que sobreviviera. Efrén no pudo más que preguntarse cómo habría sido Max si los médicos hubieran detectado el problema a tiempo.

—Sí, es increíble lo mucho que Mía se preocupa por él.

—Me parece súper dulce. —De repente, el rostro de la Sra. Solomon se iluminó—. Oh, antes de que se me olvide. Ya la nominé para las canastas de regalos de Navidad de este año. Sé que todavía es noviembre, pero quería asegurarme de que la incluyeran. Especialmente después de toda la ayuda que me dio con el vestuario para la obra del mes pasado.

—Gracias, maestra —dijo la madre de Efrén—, pero ya nos tocó canasta una vez. Es mejor que se la den a otra persona este año.

La Sra. Solomon apretó los labios.

—Oh, está bien —dijo—. Pero tengo un favor que pedirle.

—Sra. Solomon, después de todo lo que ha hecho por mis hijos, ningún favor es demasiado grande. Considérelo hecho.

—Bueno. —Se acercó más a amá—. Tengo una cita. Es *tan* guapo —dijo, embelesada de emoción.

Efrén hizo una mueca y se volvió hacia el patio.

—¡Y es médico! —añadió la maestra—. Prometí prepararle de cenar y esperaba que usted me pasara la receta de ese fabuloso mole que prepara.

La Sra. Nava se volvió hacia Efrén.

—Efrén, mijo. Me lo has estado pidiendo durante semanas. ¿Cómo te sentirías caminando a la escuela sin mí?

—¿Solo? —aclaró él.

—Solito —enfatizó su amá.

Efrén levantó el puño en el aire y zapateó el suelo en un baile de celebración.

—¿Puedo ir a casa por mi bicicleta?

—Solo si te llevas el casco.

Frunció el ceño al pensar en llegar a la escuela con ese casco con forma de tortuga que su amá le había comprado en la pulga.

—No, gracias. Mejor camino.

Efrén pasó apresurado el salón portátil en el lado kínder del campus y entró en la calle Highland. Pasó frente al dúplex color lima de doña Chana y se detuvo junto al árbol de guayaba para buscar fruta entre las ramas.

Las guayabas eran sus favoritas, pero no podía imaginarse a ninguno de sus maestros comiendo ese tipo de fruta. Supuso que no aceptarían nada que saliera de las manos sucias de los niños a menos que tuviera una cáscara gruesa. Las guayabas definitivamente quedaban descartadas. Así eran las cosas en la calle Highland: algunos solo veían los apartamentos desgastados y las paredes pintadas con grafitis, pero la calle también ofrecía cosas buenas, como los árboles frutales hasta donde alcanzaba la vista. Según su amá, tenía que ver con que la gente de su edad estaba acostumbrada a cultivar sus propios alimentos.

Era una de las cosas hermosas de caminar por esta calle: aunque la gente de la cuadra no tenía mucho, todos compartían y se cuidaban unos a otros.

Efrén caminó un poco más y se detuvo enfrente de los apartamentos a media cuadra. En lo alto de un árbol de aguacate, una camada de gatitos negros competía por su atención.

—Hola, gatitos. Serán bonitos, pero soy alérgico a su pelaje.

Pero los gatitos no prestaron atención a lo que dijo. Siguieron mirándolo y ronroneando en su lenguaje de gatitos.

—No... no va a funcionar. Tengo que irme o voy a llegar tarde a la escuela. So stop it. I don't care how cute you guys are.

Unos minutos más tarde, Efrén estaba con los ojos rojos e irritados, sentado en las ramas con dos gatitos acurrucados en sus piernas.

Fue entonces cuando un silbido familiar llamó su atención.

Efrén miró hacia abajo. Efectivamente, era David en su bicicleta. Aunque era el único muchacho gringo que vivía en esta cuadra, no era el color de su piel lo que lo hacía destacar, sino su estilo hip-hop. Los muchachos de la cuadra le decían el Periquito Blanco por los colores brillantes y la ropa grande y guanga que usaba. Eso y su narizota, que era como el pico de un cotorro. Había sido así desde que se mudó al vecindario.

Efrén le entregó con cuidado los gatitos a David y se bajó.

—¿Qué'stabas haciendo ahí arriba? —preguntó David, frotando el lomo de los gatitos.

—Iba a llevarles unos aguacates a mis maestros, pero están un poco duros. Parecen granadas.

—¿Alguna vez has sostenido una granada real?

Efrén se rascó la punta de la nariz.

—No una real. ¿Y tú?

—Pues no. —Entonces David se señaló las orejas—. ¿Pero qué tal unos diamantes reales?

16

Efrén se acercó para ver mejor.

—Wow —exclamó—. Están chidos tus aretes.

David sonrió, presumiendo sus nuevos aretes de diamantes falsos lo suficientemente grandes como para cubrir el lóbulo entero de cada oreja.

—Sí… y también son reales.

Efrén se inclinó aún más.

—Realmente falsos, querrás decir.

David frunció la frente.

—No puede ser. No estos. Don Tapatío no me hubiera cobrado diez bolas si fueran falsos. —Señaló su oreja—. Puro bling-bling —dijo con una sonrisa.

—Bueno, están con ganas.

—Ya sé, ¿verdad? —David inspeccionó la calle—. Dude, ¿dónde está tu mamá?

Efrén se encogió de hombros.

—Ah, finalmente me le planté. Le dije que soy demasiado grande como para que me acompañen a la escuela.

David se burló.

—Ya mero. Le rogaste, ¿no?

—Sí, más o menos.

—Oye, ¿quieres subirte?

—Seguro. —Efrén saltó al manubrio y se agarró fuerte. Inicialmente, la bicicleta se balanceaba de un lado a otro, pero finalmente se enderezó cuando David llegó al costado de la calle.

—¿Seguro que puedes con mi peso? —preguntó Efrén.

—Simón. Llevé a Concha el otro día. Y ella no está toda huesuda como tú.

—Efrén soltó una risa.

—Sí —continuó David—, apenas pudo meterse entre los manillares.

Le hubiera dado un infarto a su amá si supiera que andaban en bicicleta juntos de esa forma. Por mucho que a ella le gustara David, no lo entendía del todo. Dijo que no captaba por qué un niño se pintaba el cabello de diferentes colores cada mes, o por qué insistía en llevar la cintura de sus pantalones tan abajo que siempre se sabía el diseño exacto de sus calzones.

Incluso había amenazado con tirar todos los calzones de Efrén si alguna vez intentaba algo así. Y aunque sonreía cuando lo dijo, Efrén sabía que era mejor no arriesgarse.

Sin embargo, hoy Efrén se sintió como una celebridad pavoneándose por la alfombra roja. Enderezó la espalda mientras saludaba a todos los huerquitos de primaria que aún los escoltaban sus madres sobreprotectoras.

"Así es, mundo. ¡Muéranse de envidia, chiquitines!".

Por una vez, supo lo que era ser independiente... como David. Desde que Efrén conocía a David, nunca había escuchado a nadie llamarlo para que se metiera cuando se hacía tarde. Nunca había visto a nadie salir al patio de recreo para ver si necesitaba un suéter o molestarlo por no mantener la camisa bien metida en los pantalones.

Cuando el dúo llegó a la escuela, David se detuvo en el ciclopuerto donde estaba parado el guardia de seguridad de la escuela, Rabbit. Al menos así le decían los muchachos. Les parecía un sobrenombre perfecto para un anciano que era tan lento que una tortuga podría ganarle la carrera.

Efrén saltó de la bicicleta y se sacó la camisa de los pantalones.

—¿Y, pues? ¿Qué pasa contigo? Normalmente llegas justo antes de que suene la última chicharra.

—Es simple. Estás viendo al nuevo ASB President de este año.

—¿A-S-B?

—Associated something. Quién sabe qué significa. El punto es que voy a postularme pa' presidente de la escuela. Ya sé. Solo soy un estudiante de séptimo grado, pero también lo es Jennifer Huertas, y ella es la única otra persona que se postula. Siempre busca ser la favorita de los maestros. Ni loco voy a dejar que me gane.

—Sabes que significa un chorro de trabajo extra, ¿verdad?

—Ya sé. Pero tengo un plan: una vez que gane, puedo pasar una nueva regla para que el vicepresidente tenga que hacer todo ese jale.

Efrén arrugó la frente.

—No creo que funcione así.

—Obvio que no. Por eso me postulo. P'arreglar las cosas. ¿Sabes qué? ¡Tú también deberías postularte pa' un cargo!

—Pero luego tendría que hacer toda tu chamba.

—O… podrías ser tesorero. —Deslizó los dedos por la palma de la mano como si estuviera pelando una patata—. Va a llover dinero seguro. Y tú estarás a cargo de todo. ¡Oye! ¡Estamos hablando de millonadas!

Efrén negó con la cabeza.

—No lo sé. Además, no me gusta mucho la política.

—Olvídate de la política. Estoy hablando de popularidad instantánea. Pa'l próximo año, se nos estarán arrimando las chavitas.

—Entonces de *eso* se trata, ¿eh?

David puso ojos de cachorrito, una mirada que Efrén había visto muchas veces antes.

—Nel. No, gracias.

—Bien —dijo David—. Pero, ¿al menos vas conmigo a la reunión de candidatos?

Efrén sabía muy bien lo terriblemente mal que solían salir la mayoría de los planes de David. Aun así, no podía decirle que no a su mejor amigo.

—Está bien, pero me debes.

—¡Pos, obvio, carnal! Así es como funciona la política.

CAPÍTULO 2

Cuando Rabbit llegó para abrir el portón, los niños pusieron cadena y candado a la bicicleta de David y se dirigieron a la sala de conferencias de la directora. Al otro lado de la entrada principal había una enorme pancarta amarilla. ¡SE APROXIMAN LAS ELECCIONES DEL CONSEJO ESTUDIANTIL! El mensaje estaba escrito en letras redondeadas con las O en forma de globos. Sin duda la obra de la Sra. Salas. Le encantaba decorar con sus letras cuando se presentaba la oportunidad. Y como dirigía la clase de Liderazgo del Consejo Estudiantil, tenía mucha práctica haciendo cartelones escolares.

Efrén tiró de la puerta y la mantuvo abierta con el pie.

—Después de usted, señor presidente.

David se subió los pantalones.

—Podría acostumbrarme a esto.

—Ya me imagino. —Efrén pudo ver a la Sra. Salas junto con Jennifer Huerta y su compañera súper silenciosa, Han Pham, esperando adentro.

—¿Debería anunciar su llegada?

—No, yo me ocupo —dijo David, su pavoneo habitual ahora reemplazado por un incómodo tambaleo porque sin querer se le había metido el calzón.

—Bienvenidos, niños —dijo la Sra. Salas, de pie frente a una caja rosa llena de conchas de diferentes colores. El patrón de las capas de azúcar cafés, amarillas y rosadas lucía como banda de rodamiento y hacía que el pan pareciera las llantas de un camión de juguete.

—Gracias por su interés en el servicio público. ¿Para qué puestos están aquí?

—David se golpeó el pecho.

—Sólo yo… para presidente de la escuela.

La Sra. Salas volvió hacia Efrén.

—¿Estás seguro? Tenemos algunos puestos abiertos si estás interesado.

Efrén negó con la cabeza.

—Gracias, pero no. Solo estoy aquí para apoyar a David.

La Sra. Salas apretó los labios.

—Cuando era niña, las elecciones escolares eran un asunto importante. Un año, teníamos once candidatos. Pero eran otros tiempos, claro. Bueno, de todos modos... ¿les gustaría una concha? Están recién horneadas.

Efrén recordó lo que su amá le había enseñado sobre cuidar sus modales, sobre aceptar cosas de los demás.

—No seas un pediche —decía.

Ella tenía una teoría sobre cómo las personas solo ofrecen cosas porque se sienten obligadas por todo el asunto de los modales, algo así como cuando hay visitas y amá se ofrece a darles de comer a pesar de que eso significaría reducir las raciones semanales de la familia.

Así que Efrén negó con la cabeza, esperando que le ofrecieran pan dulce una segunda vez antes de aceptar.

Pero David no. Para nada. Ya había agarrado una concha amarilla y una color café antes de que la Sra. Salas se las hubiera ofrecido.

—Está bien, chicos. Tenemos suficiente para que se sirvan una segunda vez. —Suspiró, mirando las sillas vacías alrededor de la mesa de conferencias—. Y una tercera. Y una cuarta. Quizá se podrían comer hasta cinco conchas.

La participación de hecho sí fue baja, y dado que solo los estudiantes que asistieron a la reunión podían postularse para el cargo, significaba que estas dos chicas, Jennifer y Han, eran todo lo que se interponía en el camino a la presidencia de David.

Generalmente, Jennifer era una buena chica, pero tenía la costumbre de levantar siempre la mano en clase, hiciera el maestro una pregunta o no. Y tendía a corregir de forma automática a cualquier persona que se equivocara, incluidos los maestros.

Pero a Efrén no le molestaba. Ella casi siempre tenía algo importante que aportar.

En cuanto a Han, no decía mucho. De hecho, los muchachos de su grado simplemente se referían a ella como "la chica que se sienta al lado de Jennifer".

Durante la breve reunión, la Sra. Salas entró en gran detalle sobre las descripciones y expectativas de cada puesto del CONSEJO ESTUDIANTIL.

La Sra. Salas explicó cómo con solo dos candidatos postulados, el perdedor automáticamente recibiría el puesto de vicepresidente.

Efrén estudió la competencia de David, especialmente la forma en que las niñas se fijaron en cada palabra de la Sra. Salas y tomaron notas cuidadosas.

¿Y David? Bueno, nada más se sentó todo despatarrado, prestando atención solo al pan dulce frente a él. No era precisamente un comportamiento presidencial.

Aun así, Jennifer no les caía muy bien a los estudiantes. A muchos niños no les gustaba que pareciera saberlo todo (un posible efecto secundario de que siempre estuviera leyendo).

David sin duda tenía chance. Su estilo chido y actitud despreocupada podrían servirle en la campaña. Era realmente posible que ganara.

Efrén y David corrieron a su primera clase después de que terminó la reunión del CONSEJO ESTUDIANTIL. El Sr. Garrett no era alguien con quien meterse. Se rumoreaba que era el único maestro en la historia de la escuela que había enviado una clase entera a la dirección. ¡Todos a la vez!

Lo extraño del Sr. Garrett era que no siempre había sido así. El año pasado, durante la asamblea Renacimiento de sexto grado, la directora, la Sra. Carey, lo presentó como el maestro del año de todo el distrito escolar.

El Sr. Garrett corrió hacia el escenario, chocando manos con los muchachos en su camino. Todos en el gimnasio se pusieron de pie y le echaron porras. El Sr. Garrett era todo sonrisas ese día y parecía una persona totalmente diferente. Como el Sr. Garrett solo enseñaba historia avanzada, Efrén sabía que lo tendría de maestro el año siguiente. Le emocionaba la idea.

Pero le sucedió algo. Fue como si una nube gris descendiera, se posara justo sobre el aula del Sr. Garrett y permaneciera allí. Ya no parecía feliz.

Efrén entró primero al salón de clases. A diferencia de otras en la escuela, esta aula estaba pelada, sin cartelones cursis de maestros de historia o un tablero de anuncios brillante que resaltara el aprendizaje de los estudiantes. Aquí no. Nada. Incluso el escritorio del Sr. Garrett estaba vacío, solo su acostumbrada taza enorme de café de Starbucks.

Sin esperar la chicharra, Efrén comenzó a copiar la tarea. *ARTÍCULO DEL DÍA*, igual que ayer.

Todos abrieron sus Chromebooks asignados e iniciaron sesión. El Sr. Garrett se sentó como siempre detrás de su escritorio.

—Conocen la rutina. Trabajen en el tutorial de tecleo si terminan temprano. —Con eso, volvió al libro de sudokus que traía desde hacía una semana.

Justo cuando Efrén había colocado los dedos sobre el

teclado, una hoja de papel hecho bola le dio en la parte posterior de la cabeza. No había necesidad de mirar a su alrededor o rastrear de dónde venía. Era la forma que prefería David para comunicarse durante clase.

Efrén extendió el papel sobre el pupitre, planchándolo lo mejor que pudo. Esta nota en particular era una ilustración, o "masterpizza", como a David le gustaba llamar sus dibujos.

El dibujo mostraba al Sr. Garrett desplomado sobre su escritorio con la cara empapada en un charco de baba. Un monito de palitos, aparentemente una chica, estaba de pie detrás de él con el dedo bien metido en su nariz triangular. El globo de diálogo sobre ella decía: "¡Se le olvidó asignarnos tarea!". Solo podría tratarse de una chava: Jennifer Huerta, la nueva enemiga política de David.

Efrén se apretó las sienes y escondió el dibujo debajo de su Chromebook. Luego volteó y sacudió la cabeza ante la amplia sonrisa de David.

Por mucho que le encantaba andar con David, Efrén elegía pasar sus descansos de nutrición matutinos en su lugar favorito de la escuela, la biblioteca. Como la bañera de su casa, era un lugar donde podía abrir un libro y dejarse llevar a donde quisiera.

Allí, Efrén se sentía libre.

Allí, nunca había nadie que él necesitara bañar o ayudar con la tarea.

Allí, no tenía que hacerse cargo de la vigilancia de seguridad, sentado junto a la ventana de su apartamento por la noche, esperando que su amá llegara a casa a salvo del trabajo.

Allí, se trataba de escapar a otros mundos donde todo casi siempre terminaba en sonrisas.

Efrén abrió el cierre de su mochila y sacó los libros que había guardado en el fondo. Luego los deslizó en la caja de Amazon desgastada y vacía con el letrero "entrega de libros" localizada en la puerta de la biblioteca.

Entró y saludó a la Sra. Ornelas, la única bibliotecaria escolar en todo el mundo con la costumbre de hablar más recio que los estudiantes. Levantó la vista de su desordenado escritorio y saludó con una sonrisa. Por supuesto, Efrén le devolvió la sonrisa mientras se dirigía hacia el área de ficción, segunda fila, estante superior, exactamente el mismo lugar donde se había detenido la última vez que había estado allí.

Sin perder el ritmo, comenzó a pasar los dedos por

el lomo de cada libro hasta que algo le llamara la atención. Y siempre sucedía.

Esta vez, sus dedos se detuvieron sobre un libro verde azulado con letras naranjas. *¿La casa en Mango Street?* Pensó en la calle Highland, en los árboles frutales, y por una fracción de segundo se preguntó si este libro se trataría de su propio vecindario. Se imaginó a huerquitos en pañales persiguiendo pollos que corrían libres, mientras muchachos un poco mayores jugaban a la escuela en el porche o hacían pasteles de lodo para compartir con todo el barrio.

"Ya mero". Efrén se burló de la idea.

—Es un libro increíble —dijo una voz detrás de él.

Era Jennifer Huerta, la única otra estudiante que sacaba tantos libros como Efrén.

Se detuvo junto a él, su cabello largo y ondulado sujeto con fuerza en una trenza.

—Se trata de una niña llamada Esperanza que intenta descubrir quién es y a qué parte del mundo pertenece. Es mi libro favorito —dijo Jennifer, apretando un libro de la serie *El señor de los anillos* contra su pecho.

Los ojos de Efrén se abrieron como platos.

—¿En serio?

—Sí, la protagonista se parece mucho a mí. Hasta

agrega un poco de inglés de vez en cuando.

Efrén se estremeció.

—Mi maestra de quinto grado, la Sra. O'Neal, se enojaba si hablábamos de esa manera en clase.

—¿Por qué? ¿A ella qué le importa?

A Efrén le gustaba este lado de Jennifer. Mostraba un poco de actitud rebelde que él no había visto antes.

—No sé. Tal vez porque no podía entender lo que decíamos.

La risa de Jennifer sorprendió a Efrén. Habían estado en las mismas clases avanzadas desde el año pasado y nunca la había escuchado reír.

—¿Cuál es *tu* libro favorito? —ella preguntó.

—Probablemente *Maniac Magee*.

—¿*Maniac Magee*? No lo he leído.

—Bueno, es genial. Se trata de un muchacho, atrapado entre dos mundos diferentes que no se llevan bien solo por el color de su piel. Y al final, él logra... ah, perdón, no quiero arruinártelo.

—Oh, no te preocupes por mí. Siempre leo los finales primero.

—Espera, ¿cómo?

—Sí. Me gusta leer los finales primero. Así sé que hay un final feliz. De lo contrario, los libros tienen demasiado suspenso para mí y me muerdo las uñas hasta que me empiezan a doler las puntas de los dedos.

—Ella soltó una risita—. Tendré que usar guantes el día de las elecciones de la escuela, lo más probable.

La boca de Efrén decidió traicionarlo.

—Estoy seguro de que lo harás muy bien —espetó.

—Oh, gracias —respondió Jennifer, con una mirada de sorpresa en su rostro—. Pero no tengo grandes expectativas.

—Entonces, ¿por qué te postulaste?

—Estaba en casa viendo un reportaje sobre cómo se estaba separando a las familias indocumentadas. Tenían a los niños en jaulas. Como animales. Y eso realmente me dolió. —Volvió a mirar a Efrén—. ¿Has ido a la tienda a comprar huevos?

—Sí. A veces, mi amá me manda al mercado de la esquina cuando se nos han acabado.

—¿Alguna vez has notado las etiquetas?

Efrén negó con la cabeza.

—La mayoría de los cartones dicen que los huevos provienen de gallinas libres de jaulas. O sea que la gente en este país se preocupa más por las gallinas que por los niños indocumentados. Me hace sentir tan...

Sus ojos se llenaron de lágrimas y se detuvo para

mirar alrededor y asegurarse de que nadie más estuviera lo suficientemente cerca para escucharla. Luego, con la cabeza agachada, como si tuviera vergüenza, agregó:

—Mi mamá no tiene papeles.

—No te preocupes. Mis padres también están aquí ilegalmente. Te juro que no se lo diré a nadie.

Jennifer le ofreció una leve sonrisa.

—Sé que no lo harás. Por eso te lo dije. Mi mamá dice que sé juzgar muy bien el carácter de la gente. Dice que algún día seré literalmente una gran jueza con mi propia sala de justicia.

Metió la mano en su mochila y sacó una bolsa de papel con su comida del día. Las palabras SOMOS SEMILLITAS estaban escritas cuidosamente en el frente.

—¿Somos semillitas? No lo entiendo.

—Es un dicho mexicano. "Nos quisieron enterrar, pero no sabían que éramos semillas".

Efrén se frotó el labio inferior.

—They tried to bury us —repitió en inglés— but they didn't know we were seeds.

—Sí. Eso. A mi mamá le gusta recordármelo todos los días. Y tiene razón. Por eso me postulé. Pensé que podía marcar la diferencia, aunque solo fuera en la escuela.

La sonrisa de Efrén se amplió.

—Me gusta. Creo que tu mamá tiene razón. Serías una gran política.

Ella se rio.

—Bueno, creo que serías un gran presidente de la escuela.

Las mejillas de Efrén se pusieron rojas.

—Gracias, pero solo estoy apoyando la campaña de David.

—Pues, qué mala onda. Perder no dolería tanto si fuera contra alguien como tú.

De nuevo, la boca de Efrén siguió en piloto automático.

—Creo que *tú* serías una gran presidenta. —Inmediatamente, se tapó la boca con la mano.

Jennifer sonrió y acercó su mochila con ruedas de color rosa brillante.

—Mejor me voy —dijo—. Han me está esperando.

Pero antes de irse, se inclinó, le dio un rápido abrazo y desapareció detrás de la siguiente estantería.

Efrén volvió a dirigir sus ojos brillantes al libro que tenía en la mano. Sus oídos se aguzaron. Se apoyó en el estante y comenzó a leer la primera página.

"*No siempre hemos vivido en la calle Mango*".

Jennifer tenía razón. Este libro era diferente.

Efrén recordó todos los barrios en los que había vivido. Había muchos. Pero la calle Highland finalmente se había convertido en su hogar, tal como imaginaba que la calle Mango era para la chica que contaba la historia.

Siguió leyendo. "*Pero aun así, no es la casa que hubiéramos querido*".

Había escuchado a su apá decir esto mismo muchas veces. Efrén cerró el libro. Se había ganado el premio gordo hoy. No había necesidad de seguir buscando.

Efrén miró la hora. El receso de nutrición casi había terminado y se dirigió al mostrador de circulación, donde la Sra. Ornelas estaba sentada con una enorme taza de café a su lado mientras reparaba una página rota de una novela gráfica.

—Hola, Sra. Ornelas.

—Ah, Efrén. ¿Cómo está mi lector número uno?

Efrén se encogió de hombros.

—Bastante bien —respondió. Levantó el libro—. Me gustaría sacar este libro.

Ella levantó la vista.

—¿Solo uno?

—Sí. Solo uno hoy.

Durante la hora de comer, los amigos de Efrén picotearon su comida, tirando todo lo que no pudieron cubrir con chile Tajín. Después de eso, Efrén y Abraham se codearon por una mejor posición para ver a David mostrar sus habilidades en su nuevo Nintendo Switch, que había recibido hacía un mes como regalo de cumpleaños.

Ambos se encogían de dolor con cada golpe de Charizard, como si fueran ellos los que se batían a duelo.

Si tan solo el jefe de apá hubiera cumplido con el bono que le había prometido por terminar temprano un trabajo de construcción reciente. Entonces, habría podido cumplir *su* promesa de comprarle a Efrén su propia consola. Ese sueño, sin embargo, estalló junto con el apéndice de su apá. No solo no obtuvo la bonificación, sino que también lo despidieron de ese trabajo por tardar demasiado en recuperarse.

Apá todavía tenía una cicatriz en la parte inferior del abdomen que le gustaba llamar su cierre. Juraba que allí guardaba su billetera y sus llaves.

Efrén observó sentado cómo David obtenía otra victoria.

—No se preocupen, carnales —dijo David—. Cuando sea presidente de la escuela, voy a regresar los Chromebooks que nos asignan y, en su lugar, voy a comprar Switches pa' todos.

Abraham volteó y levantó el brazo. Efrén le chocó la mano.

"Ya mero va a ser tan fácil", pensó.

David apagó el juego y volvió a guardar el dispositivo en su mochila.

—¿Quieren ayudarme después de clases?

—¿Ayudarte con qué? —preguntó Abraham, rascándose una cascarita en el codo.

—Hacer cartelones y volantes para las elecciones.

—Lo siento, tengo práctica de fútbol. Nuestro entrenador nos hace correr vueltas si llegamos tarde —dijo Abraham.

La sonrisa tonta de David se desvaneció.

—No manches. ¿Qué tal tú, Efrén?

—Bueno, ya que caminé solo a la escuela, supongo que está bien si me quedo hasta tarde y camino solo a casa también. Pero mejor le dejo un mensaje a mi amá. ¿Me prestas tu celular?

La sonrisa de David reapareció cuando le entregó su celular.

—Chido. Empezaremos con los cartelones para los baños.

Efrén y Abraham se miraron.

—¿Los baños? —preguntaron en perfecta sincronía.

—¿A poco no es el mejor lugar? —Levantó los brazos como si estuviera desplegando un conjunto invisible de planes—. Estaba pensando en colocar uno en cada cubículo del baño. Tal vez incluso sobre los urinarios.

Efrén cerró los ojos y se rio.

Una hora y media después, tras dejarle un mensaje a su amá, él y David estaban hasta los codos de pintura. La sala de liderazgo del CONSEJO ESTUDIANTIL era enorme y tenía todo lo que un futuro presidente electo podría necesitar: rollos de papel para cartelones, pegamento, palitos de nieve, popotes, marcadores, pinturas al temple, acuarelas, espuma, pinceles, incluso pinceles de hule espuma.

Efrén arrancó otro metro de papel amarillo del rollo.

—¿Estás seguro de esto?

—Simón. ¿Nunca has oído hablar de una campaña boca a boca? Una vez que unos cuantos muchachos vean nuestros cartelones, comenzarán a contarles a sus amigos y ¡listo! Publicidad gratuita.

David le tendió su cartel terminado. Incluso con las

letras irregulares inclinadas hacia un lado, la caricatura en el centro mostraba una extraña similitud con Jennifer Huerta. David señaló el eslogan debajo del dibujo.

—'íralo: DON'T GO NUMBER TWO. VOTE FOR DAVID AND GO NUMBER ONE! ¿Entiendes? O sea, es un juego de palabras. Colocamos los cartelones *dentro* de los cubículos, y así la asociamos con ir al retrete a hacer del dos.

Efrén se quedó inmóvil, estupefacto.

—Bueno, supongo. Si tu objetivo es hacer que la gente hable, entonces sí, ¿por qué no?

El rostro de David se iluminó.

—El único problema es, cuál de nosotros se va a meter al baño de niñas a pe…

—¡Yo no! —exclamó Efrén, interrumpiendo a su amigo.

—Tienes que ser tú. Las chavas se juntan allí en grandes grupos. Y necesito sus votos. Pero el futuro presidente no puede ser visto dentro del baño de las niñas. ¿Qué diría la gente?

Efrén estuvo a punto de discutir, pero desistió. ¿Para qué? Un buen amigo es un carnal para toda la vida y Efrén estaba contento de que fuera así.

—Va. ¡Pero me debes una, una grande!

Al poco rato, Efrén se encontró parado afuera del baño de las niñas, con un rollo de cinta de pintor colgando de su antebrazo.

—Más vale que haya unas ventajas increíbles para mí después de que ganes.

David sonrió y asintió, su cabeza rebotando arriba y abajo.

Efrén buscó en el pasillo señales de que alguien se acercara. Nadie. No había "pájaros en los alambres".

—Bueno, a ver cómo me va. Haz changuitos.

La entrada se parecía mucho a la del baño de los niños, sin el asqueroso olor a orines del día anterior. Efrén dobló la esquina. "¡Guau!" Este baño era el doble de grande. Había el doble de lavabos. El doble de retretes.

—¡David! Ni te lo puedes imaginar. Huele a limpio, no manches.

—Apúrate. El programa de actividades extra-escolares tiene un descanso pronto para que vayan al baño.

Efrén se apresuró hacia el cubículo para discapacitados al fondo. Abrió la puerta y sus ojos se abrieron al ver lo que había dentro.

—¡Ay, caray! ¡No vas a creerlo!

—¿Creer qué? —preguntó David.

Efrén salió corriendo y agarró a David por la manga, casi sacándolo de sus tenis de un jalón.

—Métete —dijo, llevándolo al cubículo más distante.

—Más te vale que esto sea importa... —David se quedó congelado cuando Efrén abrió la puerta del cubículo—. ¡No digas! Esta fue mi idea.

Una impresionante caricatura de David, dibujada en papel de póster amarillo, colgaba sobre el sanitario. "Go Number One, vote for Jennifer Huerta. Or go Number Two, and vote for David Warren".

David señaló el dibujo.

—¡Mira esa nariz! Me parezco a ese pájaro del cereal Froot Loops.

Efrén hizo todo lo posible por sofocar una risita.

David negó con la cabeza.

—Esta es una mala jugada.

—Pero un poco chistoso, ¿no crees?

David dejó escapar un suspiro.

—Voy a arreglarlo. —Metió la mano en su mochila y rebuscó entre un montón de papeles.

—¿Qué buscas?

—Corrector. Voy a hacer la nariz más chiquita.

—No sé. Los estatutos dicen que meterse con el cartelón de campaña de un candidato puede hacer que nos descalifiquen.

—¿Los esta-qué?

—Estatutos. Las reglas que nos explicó la Sra. Salas. ¿Te acuerdas?

Los hombros de David cayeron.

—¿Puedo al menos hacer los aretes de diamante más grandes? No quiero que la gente piense que también soy chafo.

—En serio piensas que se…

De repente, David tapó la boca de Efrén con la mano.

—Shh… Oigo venir a alguien.

Tanto Efrén como David se atrincheraron dentro del cubículo.

David susurró al oído de Efrén y apuntó hacia abajo.

—Nuestros pies.

Efrén asintió y los dos se pusieron de cuclillas sobre el asiento del sanitario, con las manos apoyadas en ambas paredes para mantener el equilibrio, las orejas aguzadas.

La puerta de otro cubículo se abrió y se cerró de golpe.

Los chicos se quedaron perfectamente inmóviles, cada uno conteniendo la respiración para mantenerse en silencio. Pero lo que vino después fue una sorpresa para ambos.

Era el llanto de una chica.

—Vamos —dijo David, haciendo un gesto con la mano.

La puerta crujió y los chicos avanzaron poco a poco hacia la puerta. Pero Efrén se congeló en el puesto donde había entrado la niña. Debajo de la puerta, podía ver una mochila rodante color rosa. La de Jennifer.

Efrén no la conocía demasiado bien, pero eso no impidió que quisiera llamar a su puerta. Pero, ¿qué podía decir? Ni modo que dijera: "Oye, Jennifer, estaba a unos cuantos cubículos de ti y no pude evitar notar que llorabas".

David agitó los brazos frenéticamente para llamar la atención de Efrén.

No había mucho que Efrén pudiera hacer, excepto seguir a David.

Eran casi las cinco cuando los dos chicos se despidieron en la calle Highland. David se dirigía al Boys & Girls Club para una especie de torneo de futbolín, mientras que Efrén se apresuraba a llegar a casa antes de que Max se comiera su parte de la cena.

Efrén metió la mano debajo del cuello, desabrochó la llave de un segurito y entró.

—¡Amá, ya llegué! —Se dirigió al baño, la única otra habitación en el apartamento—. Lo siento, ya sé que es muy tarde. Pero tuve que ayudar a David con los cartelones de su campaña.

Tocó tres veces. Nada.

—¿Amá?

Entró. No había nadie allí. Examinó la mesa de la cocina. No había manteles individuales ni platos ni ninguna otra señal de que la cena hubiera comenzado. No era propio de su amá no cocinar, no con su aversión a comer fuera. Siempre decía que no se podía confiar en que los extraños se lavaran las manos antes de manipular la comida y que no tenía sentido pagar por algo que ella podía hacer más barato y mejor.

Tal vez había llevado a los Minions al parque para que se cansaran jugando al aire libre. Especialmente Max. No aguantaba mucho los espacios reducidos.

Los colchones llenaban el espacio que servía de sala, lo que era extraño porque su amá los alineaba contra la pared durante el día. Efrén se encogió de hombros. Tal vez se le había olvidado. Cruzó el cuarto corriendo, juntó la barbilla con el pecho y se dio una maroma, cayendo sobre la pila de colchones. Por fin podría disfrutar de un poco de paz y tranquilidad. Metió la mano en su mochila y sacó el nuevo libro de la biblioteca.

Medio capítulo después, el hambre le hizo crujir el estómago. Efrén se levantó y miró a su alrededor. Extraño. Muy extraño.

Abrió la puerta principal y sintió que entraba una brisa fría. *"Hmm"*. Examinó el montón de chamarras detrás de la puerta. Ahora una sensación diferente llenaba sus entrañas. Algo andaba mal. Su amá nunca dejaba que nadie, incluido apá, saliera de la casa sin abrigarse si había una sola nube gris en el cielo.

De dos en dos, Efrén bajó rápidamente las escaleras y se encaminó hacia el patio de recreo de la escuela. El escalofrío lo tomó desprevenido. Miró al sol poniente y luego a los últimos niños del barrio que regresaban a casa. Pronto, la chusma (como le gustaba llamarla a su amá) comenzaría a salir, y lo mejor era tratar de evitarlos.

Efrén apresuró el paso, deteniéndose solo cuando

llegó al portón cerrado de la escuela. Miró el candado de alta resistencia, y los engranes de su mente giraron rápido. Aparte del camión de comida, el mercado de la esquina y la lavandería, no había otro lugar a donde su amá pudiera haber ido.

Hizo una revisión rápida del patio de recreo y luego corrió de vuelta a casa. Se detuvo antes de llegar a la puerta principal y se inclinó, tratando de recuperar el aliento. Fue entonces cuando descubrió un papelito atrapado en la puerta de mosquitero. Metió su dedo meñique entre los diseños de metal y empujó la hoja. Era una nota de doña Chana, la vendedora de Tupperware que vivía a unas puertas. El papelito decía: *"LA SRA. SOLOMON ME DEJÓ LOS NIÑOS. ESTÁN BIEN"*.

No tenía sentido. ¿Por qué la maestra de los cuates, la Sra. Solomon, los dejaría allí? Su amá debería haberlos recogido a ambos hacía horas. Con el corazón desbocado, Efrén corrió hacia el otro apartamento.

Sin embargo, antes de que pudiera tocar la puerta de doña Chana, Max y Mía salieron disparados, con los brazos extendidos. Los diminutos brazos de Max abrazaron con fuerza la cintura de Efrén mientras Mía intentaba trepar para abrazarlo. Aunque Efrén estaba aliviado de encontrar a los cuates, la pregunta seguía en pie: ¿Dónde estaba su amá?

La mirada preocupada de doña Chana intimaba la respuesta.

—Mijo, les hice un caldito de pollo bien rico. Por favor, entra.

Un tazón de caldo caliente caería bien. Normalmente, habría esperado cortésmente a que ella insistiera, pero algo en su voz lo puso nervioso.

Había algo que ella no le estaba diciendo.

—Sí, gracias —dijo, decidido a averiguar qué.

El interior de su apartamento era más o menos igual que el cuarto donde vivía Efrén. Solo que, en lugar de colchones apilados, todo el perímetro de este espacio estaba lleno de cajas apiladas. Doña Chana se estaba mudando; lo único que no estaba empacado era el televisor, que estaba sobre un sofá cama floral que parecía haberse recogido de la orilla de una carretera.

Efrén, Max y Mía se apiñaron en un comedor tan pequeño que hacía que el área de la cocina pareciera mucho más grande que la de ellos. Doña Chana metió la mano en una caja y sacó una cuchara de plástico para cada uno.

El caldo estaba rico. Quizás no tan rico como el de

su amá, pero lo suficiente para ayudar a calmar sus nervios. Suficiente para reunir el valor para finalmente preguntar:

—Doña Chana, ¿dónde está mi amá?

Al instante, el rostro de la señora se tensó.

—Max. Mía. ¿Por qué no se van a ver la televisión?

Cuando se trataba de ver la televisión, no era necesario que se les sugiriera dos veces. Dejaron a Efrén sentado solo con doña Chana en el comedor. Efrén se preparó mentalmente.

—Mijo —dijo doña Chana con voz aguda y torturada—, tu mamá... she called. La migra la tiene. Los descarados de ICE la recogieron buscando trabajo en una fábrica.

Efrén se heló hasta la médula de sus huesos. Había escuchado la palabra "ICE" cada vez que algún adulto mencionaba la inmigración, generalmente de la misma manera en que los niños hablaban del Cucuy, la versión mexicana del espantoso Coco. Había crecido escuchando sobre esa agencia, temiéndola.

Tenía sentido arrestar a la gente mala. ¿Pero amá? Nunca había hecho nada malo.

—¿Y mi apá? ¿Ya sabe? —preguntó Efrén.

—Todavía no. Estaba fuera, en un trabajo. Le dejé un

mensaje para que me llamara. —Doña Chana estudió el rostro pálido de Efrén—. Mijo, todo va a estar bien.

Efrén volteó a ver a sus hermanitos y luego de nuevo a doña Chana.

—Tenemos que traerla de vuelta.

La mirada preocupada de doña Chana volvió.

—Sí, claro que sí. Tu padre la va a traer de vuelta. Ya verás.

Efrén quería creerle. Pero seguía pensando en los chismes del barrio que había escuchado de algunas de las comadres de su amá en la lavandería comunal: historias sobre redadas en fábricas cercanas y cómo una persona, generalmente el primo lejano de alguien, fue atrapada y deportada. Por lo que Efrén podía deducir, a la gente no le gustaba mencionar la palabra ICE, al menos no frente a los niños. Se preguntó qué dirían ahora las comadres. Se las imaginó persignándose, implorando a la Virgen María y a cualquiera de una larga lista de santos patronos que rezaran por el regreso seguro de su amá.

Efrén desvió su atención de las paredes amarillentas del apartamento y observó como doña Chana golpeaba la mesa con sus uñas moradas. Había oído hablar de los repetidos intentos de doña Chana por dejar de fumar.

Aparentemente, el olor a humo había reducido sus ventas de Tupperware. Parecía que la gente no quería comprar artículos que apestaban a cigarrillos.

Ahora, metió la mano en su bolsillo trasero y sacó un encendedor plateado.

Efrén estaba a punto de contener la respiración cuando ella sacó una veladora de un gabinete de la cocina. Estaba pintada con la imagen de algún santo que él no reconoció. Doña Chana colocó la veladora en una orilla del comedor.

Efrén la vio batallar con su encendedor.

—Ay, qué cosa tan inútil —dijo, levantándose y luchando por encender la veladora con la estufa de gas.

Inútil... Así era exactamente como se sentía Efrén.

CAPÍTULO 3

Aunque no sucedía muy seguido, Max y Mía aún estaban despiertos cuando su apá regresó del trabajo. No importaba qué libros leyera Efrén, o cuántas historias les contara, Max y Mía no se quedaban dormidos. Probablemente era culpa de todos los dulces de Pulparindo que les había dado doña Chana.

Vestidos con idénticos mamelucos de lana, se aferraron a cada una de sus piernas en el momento en que su apá entró en el apartamento. Miró a Efrén con los labios apretados, señal segura de que le preocupaba algo importante.

Apá arrojó su chamarra y su lonchera al suelo mientras trataba de mantener el equilibrio.

—¡Ándale, burro! —gritó Mía, agitando el brazo en

el aire mientras su apá movía la pierna arriba y abajo.

—Ahora yo. —Max se sentó en el otro pie de su apá, reclamando su turno. Apá respiró hondo y se preparó antes de fingir hacer mucha fuerza para levantar a Max del suelo.

—Ay, muchacho. ¿Qué tanto estás comiendo?

El peso imaginario de Max hizo que su apá cayera sobre el colchón más cercano a la puerta. Todos en la sala se rieron, todos menos Efrén, que estaba sentado solo en el comedor, esperando hablar con su papá.

Apá alzó la vista. Su rostro aún estaba cubierto con rayas de suciedad donde se había secado el sudor antes. Intercambió una mirada de preocupación con Efrén.

Al tener que buscar trabajo dondequiera que pudiera encontrarlo, su apá no lograba pasar muchos ratos con su familia. Pero cuando podía, se aseguraba de pasar el mayor tiempo posible con ellos.

A veces, él y Efrén regateaban y se pasaban una pelota de fútbol mientras Max y Mía subían y bajaban por el resbaladero del parque. Otras veces, cuando la espalda de su apá le dolía demasiado para jugar, y si Max y Mía los dejaban, preparaban un montón de palomitas, se desplomaban sobre los colchones y miraban un partido de fútbol en la tele.

Pero no hoy no habría juego. Apá se acercó a Efrén, le revolvió el cabello y le dio un fuerte abrazo.

—No te preocupes, hijo. Tu madre volverá. Te lo juro.

Efrén quería creerle y confiar en que su apá encontraría la manera de traer de vuelta a su madre. Solo que Efrén no conocía a ninguna persona que hubiera sido deportada y regresara al barrio.

Y eso lo asustaba más que cualquier otra cosa.

—Apá —dijo Mía, acercándose mientras se ajustaba descaradamente la ropa interior—, ¿dónde está amá?

De nuevo, su apá apretó los labios con fuerza.

—Se fue a visitar a tu tía Martha. Dijo que traería un poco de ese dulce de tamarindo que tanto les gusta a ustedes.

La respuesta pareció satisfacer la curiosidad de Mía. Efrén deseaba que fuera así de simple para él.

Aunque los adultos preferían mantener a los muchachos a oscuras, Efrén había escuchado suficiente. Sabía de las redadas que se estaban realizando por todo el país. Por todo el estado. Por toda la ciudad.

Y también había habido otros cambios. Por ejemplo, su apá. El verano pasado, se las había arreglado para llegar temprano a casa al menos un día por mes para llevar a toda la familia a la playa. Max y Mía se quedaban sentados exactamente donde terminaban las olas y, con una pala y un balde de plástico, trabajaban para crear los castillos más grandes posibles. Efrén tomaba su boogie board barato de hule espuma y montaba cada ola rompiente hasta terminar cara a cara con Max y Mía.

Pero en los últimos meses, su apá salía con cada excusa para no sacar a la familia del barrio. Y Efrén sabía por qué. Había oído que ICE andaba estableciendo puntos de control y literalmente sacando a la gente de las calles. Había oído hablar de helicópteros de ICE que espantaban a la gente, que huía de sus hogares solo para ser atrapada y llevada lejos. Incluso había oído que ICE hacía redadas en los supermercados mexicanos y esposaba a cualquiera que no pudiera probar su residencia legal. Tanto si los rumores eran ciertos como si no, sonaban lo bastante reales como para preocuparle.

Y no era el único.

Una vez, Denny's había tenido una oferta de comida gratis para niños, por lo que su apá y su amá decidieron premiar a la familia con algo especial. Pero cuando el mesero los guio a una butaca en un rinconcito, Efrén se dio cuenta de que algo andaba mal. Tanto su apá como su amá parecían nerviosos, incluso aterrados. La razón era obvia. Había dos oficiales gringos sentados directamente al otro lado del pasillo, cada uno con pantalones caqui y camisas negras con la palabra "ICE" impresa en gigantes letras blancas.

Y por mucho que su apá o su amá trataran de ocultarlo, Efrén podía sentir su miedo. Y eso lo aterraba. Apá era el hombre más fuerte y valiente que conocía. Pero no podía contra todo un país que intentaba deshacerse de él.

Apá miró a Efrén y, como si pudiera leerle la mente, se inclinó y lo besó en la coronilla antes de volver su atención a los pequeños. Uno a la vez, los recogió y los hizo girar por la habitación como si fueran superhéroes. Max extendió los brazos frente a él, fingiendo ser Superman. Mía, por otro lado, agitó un mazo de mentira como su héroe favorito de la televisión mexicana, el Chapulín Colorado. Pero incluso ese saltamontes carmesí no pudo sacarle una sonrisa a Efrén.

Efrén miraba como se reían Max y Mía, celoso de lo ignorantes que estaban de lo que había sucedido. Una parte de él, una parte más grande de lo que le gustaría admitir, incluso deseaba que pudieran levantarlo en el aire y mantenerlo a oscuras también.

Desgraciadamente, el único superhéroe del que quería saber era su propia Soperwoman. Y no estaba seguro de cómo su habilidad para voltear tortillas humeantes con las manos la ayudaría a regresar a casa.

Efrén había esperado que su apá y él pudieran hablar una vez que los pequeños se hubieran acostado. Para ayudar a acelerar el proceso, los ayudó a rezar y luego les leyó su libro favorito de Dr. Seuss, *Los Sneetches y otras historias*.

Max y Mía se frotaban las pancitas y coreaban cada palabra. Dos lecturas y media después, estaban dormidos.

Durante las noches normales, su apá llegaba a casa, besaba a toda la familia y se dirigía directamente a la ducha. Pero esta noche, apá estaba sentado en el comedor con las botas y los *jeans* todavía embarrados de lodo, mirando en silencio el teléfono mientras arrancaba la piel muerta de sus dedos curtidos. Efrén se sentó a su lado, sin saber qué decir.

El silencio tenso se rompió cuando finalmente sonó el teléfono de la casa y apá saltó de su silla.

Efrén se paró y se le acercó más, conteniendo la

respiración con la esperanza de volver a escuchar la voz de su amá.

¡Era su amá! Su voz estaba amortiguada, pero llena de emoción. Efrén quería levantar la voz para que lo oyera, pero no quería despertar a los cuates. Así que se obligó a volver a su silla y observó cómo su apá tomaba notas en una servilleta.

—Sí. Sí entiendo. —Aunque sus ojos contaban una historia diferente, la voz de apá sonaba fuerte y tranquilizadora.

Finalmente, volteó hacia Efrén, y le dirigió una débil sonrisa.

—Sí, aquí está, escuchando. —Apá le tendió el teléfono.

Por mucho que quisiera sonar tan confiado como su apá, no había forma de superar el nudo de emoción en el fondo de su garganta.

—Amá —dijo con las lágrimas corriéndole por el rostro—, ¿dónde estás?

Ella sollozó.

—Estoy bien, mijo.

Efrén deseó creerle.

—De verdad, estoy bien —insistió ella—. Me mandan

de regreso a México mañana. No te preocupes por mí. Estoy pensando en bajar a Ensenada, pasar un rato en la playa.

Muy a su pesar, Efrén se rio. Sabía que ella odiaba el océano. El olor a pescado muerto y el graznido de las gaviotas.

—Pero, ¿cuándo volverás?

Su amá se tomó un momento para responder.

—Pronto. Muy pronto. Pero mientras tanto, necesito que me prometas una cosa.

Efrén cerró los ojos y asintió.

—Sí, claro.

—Voy a necesitar que cuides de tus hermanos, especialmente de Max. Ya sabes en qué tipo de problemas se mete ese chamaco.

—No te preocupes de nada. Quiero que disfrutes tu tiempo libre. Broncéate un poco.

Su voz ahora temblaba mientras reía.

—Efrén…. te amo. Muchísimo.

—Ya lo sé. Yo también te amo.

Le devolvió el teléfono a su padre, quien continuó escribiendo notas y haciendo llamadas hasta altas horas de la noche.

Efrén pasó largo rato despierto en la cama, apartando

de vez en cuando de la cara los brazos de sus hermanos. Ojalá pudiera quedarse dormido y despertarse
para descubrir que el día entero había sido una pesa-
dilla nada más. Luego podría sentarse junto a su amá
en el comedor y contarle sobre la decisión de David de
postularse para presidente, sobre todas las locas pro-
mesas de campaña y los cartelones. Su amá se reiría y
sacudiría la cabeza, como hacía siempre que escuchaba
alguna de las locas travesuras que se inventaba el Periquito Blanco.

Pero no habría risas por el momento. No hasta que
su madre regresara.

En el pasado, cada vez que a Efrén le costaba con-
ciliar el sueño, simplemente se bajaba del colchón
y se acostaba al lado de su amá. De alguna manera,
sin importar la hora, siempre sentía su presencia y lo
rodeaba con sus brazos. Y luego, en el momento justo,
decía una breve oración antes de pasar los dedos por su
cabello, al "estilo piojito". Le decía así porque imitaba
la técnica que había usado para despiojar a los cuates
después de su primer mes de kínder.

Sus dedos eran mágicos, buenos para mucho más
que voltear tortillas. Eran cálidos y relajantes, hasta el
punto de que cualquier persona bajo su cuidado entraría

en un sueño reparador en solo minutos. Incluso apá no era inmune a su poder.

Pero esa noche no habría piojitos.

Efrén se quedó despierto en la cama viendo como su apá daba vueltas y vueltas. Al igual que su cabello color cajeta y sus sonrisas torcidas, ahora también tenían esto en común.

Efrén trató de distraerse con pensamientos positivos, pero toda la positividad que pudo reunir fue el hecho de que positivamente extrañaba a su madre.

CAPÍTULO 4

A Efrén lo despertó un suave tirón en su hombro. No sabía cuándo finalmente se había quedado dormido, pero por lo pesado de sus párpados, sabía que no había pasado tanto tiempo.

—Maxie —dijo—, puedes ir al baño solo. Necesito dormir.

—Mijo, despierta —susurró su apá—. Despierta.

Efrén se obligó a abrir los ojos y se sentó. Su padre estaba listo para trabajar, vestido con una versión limpia de lo que había usado la noche anterior.

—Me voy temprano al trabajo. Le pedí a doña Chana que te llevara a ti y a tus hermanitos a la escuela hoy, y que los cuidara después. Pero ella no puede. Tiene que recoger un envío de Tupperware en Los Ángeles.

—Está bien, apá —dijo Efrén, frotándose los ojos para despejar el sueño—. Puedo vestirlos, alimentarlos y llevarlos a la escuela solo.

—¿Estás seguro, mijo? ¿Y Max? Ya sabes lo difícil que puede ser.

—No te preocupes. Siempre puedo sobornarlo con comida. En serio, no hay problema.

Apá se rio entre dientes.

—Está bien. Ten. —Metió la mano en su bolsillo y sacó un billete de veinte dólares—. Necesito que vayas a la troquita y compres algo para la cena. Nomás no le quieras sobornar a Max con cocas o nunca se va a dormir.

Efrén tomó el dinero y lo escondió bajo la cintura de su calzón.

—No te preocupes por nosotros. —Volteó para comprobar que los pequeños seguían dormidos—. Nomás tráete de regreso a mi amá.

Apá asintió.

—Un amigo del trabajo conoce a un tipo que trabaja como coyote. Es posible que pueda ayudarla a cruzar muy pronto… si le puedo transferir el dinero a tiempo.

—¿Tenemos suficiente dinero?

—Casi. Pero ese mismo amigo me está prestando el

resto del dinero que necesitamos. —De nuevo, su apá sonrió sin apenas despegar los labios. Efrén notaba la preocupación en su rostro—. Ahora, mijo, duerme un poco más. Te dejé la alarma puesta.

—Está bien. No creo que la necesite. —Estaba demasiado nervioso para dormir.

Cuando finalmente sonó la alarma, Efrén ya estaba en la cocina tratando de averiguar qué darles de comer a Max y Mía. Su amá tenía esa manía de que sus hijos no comieran los desayunos de la escuela. "Demasiada azúcar y conservantes", decía.

Efrén se quedó mirando el refrigerador. ¿Qué podía hacer con un huevo, una tira de jamón, pepinillos (que sólo le gustaban a su apá), un tubo de biscuits y los tres o cuatro traguitos de leche que quedaban?

Si su amá estuviera, se subiría las mangas, agitaría su cuchara de madera y haría que sucediera un milagro.

Qué presión para Efrén. Abrió el gabinete superior y encontró un recipiente con canela y azúcar. Volteó hacia la botella de aceite y sonrió.

Un poco más tarde, Efrén, Max y Mía se pararon junto a la mesa de la cocina, formando figuras de animales deformes con la masa de biscuits.

—Okey. Ahora háganse para atrás, los dos. El aceite está muy, muy caliente. Lo último que quiero es que amá vuelva a casa y se encuentre con un par de cuates carbonizados.

Max y Mía captaron y decidieron mejor esperar detrás de las cortinas del balcón.

—A las tres. Una. Dos. Tres. —Efrén dejó caer la primera galleta animal en el aceite, provocando un chapoteo que salpicó la mitad de la estufa.

—¿Está funcionando? ¿Realmente vamos a comer donas de animalillos? —preguntó Max, sus ojos apenas visibles detrás de la cortina.

Efrén se inclinó y observó cómo crepitaba la masa.

—No estoy seguro de que deba cocinarse tan rápido. —Metió la cuchara e intentó darle la vuelta, pero el bicho masudo se cayó de la sartén al piso de la cocina.

Max y Mía chillaron.

Como buen hermano mayor, Efrén se apresuró a recoger al animalillo.

—¡No se preocupen! Nomás lo voy a enjuagar, y ya.

Una vez más, ambos hermanitos retrocedieron y observaron.

—¿Ven? —dijo Efrén, sosteniendo la dona empapada a medio cocer. Regresó a la estufa y arrojó la masa nuevamente al aceite. La sartén estalló. El aceite saltó por todas partes, salpicando incluso el dorso de su mano. Efrén gritó y se pasó la mano por agua fría. Max y Mía volvieron a chillar, solo que mucho, mucho más fuerte.

Media hora más tarde, Efrén se encontraba en las mesas del almuerzo de la escuela primaria, comiendo Cheerios genéricos con sus hermanos.

—Oigan, morritos —dijo Efrén, enfriando su quemadura con un cartón de leche— ¿qué tal si *no* le mencionamos nada de esto a apá, sí?

CAPÍTULO 5

Con los pequeños ahora bajo el cuidado de la Sra. Solomon, Efrén de repente se acordó de su tarea, que se le había olvidado por completo hasta ese mismo minuto.

Resoplando y resollando, finalmente llegó a la escuela secundaria. Necesitaba ir a la biblioteca y hacer su tarea si quería mantener su racha perfecta de año y medio sin que le faltara una sola tarea. Pero cuando sacó la agenda de su clase, descubrió que le esperaban tres tareas diferentes. Escaneó la hoja de cálculo de matemáticas. Era bastante sencilla; podría terminarla durante la actividad de calentamiento al comienzo de la clase. Lo mismo con el diagrama de Venn sobre anfibios para la clase de ciencia. Pero, ¿cómo podía anotar un artículo completo de tres páginas para el Sr. Garrett cuando faltaban solo quince minutos hasta la primera campana?

A Efrén sintió un sabor agrio en la boca y se le hizo un nudo en el estómago. El Sr. Garrett no iba a entender. De ninguna manera. No él. A menos que…

El Sr. Garrett tenía una política sencilla. ¡SIN EXTENSIONES DE ENTREGA! Al menos no sin una nota de los padres.

Pero la única forma de presentar una sería…

Efrén sacudió la cabeza como si tratara de descartarla, pero la idea se aferró a su mente.

Recogió sus pertenencias y se dirigió a la cafetería. A David le gustaba esperar a último momento para todo, así que probablemente no estaría. "Aun así", pensó Efrén, "vale la pena checar". Si por casualidad había llegado a tiempo, sin duda estaría en el área del almuerzo, comiendo cualquier mugrero con sabor a queso.

Efrén bajó corriendo la escalera. Encontrar a su mejor amigo resultó ser bastante fácil. Todo lo que tenía que hacer era mirar hacia delante, al niño vestido de colores estrafalarios que estaba parado arriba de una mesa, gritando que eliminaría toda la tarea si era elegido presidente.

David saltó de la mesa en cuanto vio a Efrén.

—¡Yo, F-mon! Esto está jalando. Todos con los que hablo prometen votar por mí. Te lo digo, es pan comido.

Efrén examinó la camisa lila de David, entrecerrando los ojos como si su brillo lo cegara.

—¿Qué onda con esa camisa?

—Es la combinación perfecta de azul y rosa.

—¿Y luego?

David puso los ojos en blanco.

—Sencillo. Quiero agradar a todos mis votantes. ¿Azul para los morros? ¿Rosa para las morras?

Efrén se encogió de hombros.

—Al menos estarás seguro al cruzar la calle. Súper visible.

—¿Quieres ayudarme a repartir unos volantes?

Efrén se dio cuenta de que apretaba los labios como hacía su apá y sintió que la presión crecía en su interior.

—La verdad —dijo sin poder creer las palabras que salían de su boca— es que necesito un favor.

—Cualquier cosa, carnal. Tú nomás di.

La puerta del salón de clases estaba entreabierta, pero todos los estudiantes en el primer período del Sr. Garrett preferían esperar afuera en el aire frío de la mañana.

Efrén asomó la cabeza dentro.

—¿Sr. Garrett? —preguntó Efrén—. ¿Puedo hablar con usted?

El Sr. Garrett bajó su revista.

—Sr. Nava, sí se da cuenta de que la campana aún no ha sonado, ¿verdad?

Al respirar hondo, la vista de Efrén cayó sobre la mano izquierda del Sr. Garrett. Sobre su dedo anular. No traía anillo de matrimonio. Solo una línea blanca en su lugar. Según el chisme en la escuela, el Sr. Garrett había pasado por un divorcio difícil, incluso había perdido la custodia de sus hijos. Quizá era por eso que andaba de tan mal humor.

—Lo sé, señor —dijo Efrén—. Se trata de mi tarea. No tuve la oportunidad de terminarla.

El Sr. Garrett arqueó la ceja derecha de forma extraña.

—¿Usted? ¿En serio? Supongo que eso solo deja a Jennifer Huerta para el premio a la tarea perfecta al final del año. A menos, por supuesto, que tenga usted una nota.

Efrén metió la mano en el bolsillo y pellizcó la esquina de su nota falsa. Pensó en la Noche de Premios del último año escolar, recordando lo fuerte que su amá y su apá le habían echado porras cuando el director lo llamó al escenario. Luego, se imaginó la mirada de decepción en sus rostros si alguna vez descubrían lo que estaba a punto de hacer.

Sacó la mano del bolsillo y la cerró con fuerza.

—No, señor. No tengo una nota.

—En ese caso, llene un formulario de notificación a los padres y firme el registro de tareas incompletas.

Efrén se dio la vuelta, con la cabeza agachada.

—Ah, y asegúrese de devolver el formulario, o será remitido de forma automática a la dirección.

"¿Dirección?". La mera mención de la palabra lo inquietaba.

Durante el resto de la clase, Efrén hizo todo lo posible por mantenerse concentrado mientras el Sr. Garrett hablaba sobre la falta de citas adecuadas en los medios de comunicación de hoy, bueno, lo mejor que pudo, ya que David le seguía deslizando notitas con posibles lemas de campaña.

Observó cómo el minutero del reloj se abría paso a través de una vuelta completa.

Efrén pensó en la promesa de su apá. Su amá volvería hoy. Eso era todo lo que importaba. Ya no tendría que luchar para desenredar el cabello largo y ondulado de Mía y luego ingeniárselas para trenzarlo perfectamente centrado en su espalda. También significaba no tener que perseguir a Max cuando corría desnudo por el apartamento, tratando de ponerle un calzón limpio.

En cambio, significaba que Efrén podía volver a esconderse en la bañera a terminar lo que posiblemente se convertiría en su libro favorito, sabiendo todo el rato que un delicioso desayuno lo esperaba cuando saliera.

Respiró hondo, imaginando el aroma de la canela escapando de una olla recién hecha de arroz con leche. El solo pensarlo hizo que le gruñera el estómago.

Efrén corrió a casa justo después de clases, deteniéndose solo cuando llegó a los escalones del complejo de apartamentos. Jadeando, levantó la vista a las persianas cerradas de la ventana de su sala de estar. Lo primero que le pasó por la mente fue que su amá no estaba en casa, pero no estaba listo para aceptar la derrota, no todavía. Después de todo, era posible que simplemente estuviera cansada por el difícil viaje y hubiera decidido tomar una siesta.

Efrén subió las escaleras, se quitó la llave del segurito que llevaba prendido bajo el cuello de su camisa. Abrió tanto la puerta de mosquitero como la puerta principal. Una vez dentro, registró cada sección de la habitación.

Las sábanas sobre los colchones estaban tendidas, tal como las había dejado esa mañana.

El único otro lugar que quedaba por revisar era el baño, al que se dirigió de inmediato. Tocó la puerta y la empujó para abrirla. Y nada.

Se apresuró al área de la cocina y buscó en la barra señales de la cocina típica de su madre, tal vez el aroma de ingredientes para salsa asándose en el comal. Pero todo lo que percibía era el olor rancio del pavor que ahora llenaba la habitación.

Efrén salió corriendo. Doña Chana estaba en el pasillo y le indicó con una mano que se acercara.

—Ah, buenas tardes. Creí que usted estaba en Los Ángeles.

—Lo estaba, pero gracias a Dios… regresé temprano.

"¿Gracias a Dios?". Algo andaba mal, sin duda.

A Efrén se le hizo un nudo en el estómago al entrar al apartamento de doña Chana. Los cuates estaban sentados en el sofá viendo una caricatura en el celular de la señora.

Esta vez, solo Mía corrió a saludarlo. Efrén la levantó y le dio un largo y fuerte abrazo. Aunque Mía no podía entender la verdadera razón detrás del gesto, a ella no le importó en absoluto. Mía plantó la barbilla sobre el hombro de su hermano mayor. Encajó perfectamente.

—¿Cuándo vuelve mi amá? —preguntó.

Efrén miró a doña Chana, quien parecía al borde de las lágrimas. Y así seguiría el resto de la noche, sin apenas decir una palabra.

Se apartó un poco de Mía y sonrió tan grande como pudo.

—Pronto, Mía. Muy pronto.

Esa noche, después de una hora de leer juntos, Efrén, Mía y Max finalmente se quedaron dormidos. Pero pronto, el ruido de las pisadas de botas despertó a Efrén. Se mantuvo completamente inmóvil, pero sus ojos seguían a su apá mientras el hombre se dirigía directamente al teléfono de la cocina.

—No. No sé. ¿Qué puedo hacer? —susurró apá a algún interlocutor misterioso en el auricular.

Efrén no podía creer lo que escuchaba. Escuchar a su apá admitir que no sabía qué hacer lo aterrorizó. Había tantas cosas que podrían haber salido mal. Según los chismes de la lavandería que había escuchado, cruzar era muy peligroso. Los traficantes que ayudaban a la gente a cruzar sin documentos, los llamados coyotes, no eran buenas personas. Eran delincuentes que se aprovechaban de familias desesperadas, a veces simplemente abandonándolas en el desierto.

A su apá se le escapó un leve sollozo y golpeó la mesa con fuerza.

—No, le robaron su bolsa con todo su dinero. ¡TODO! Incluso el dinero que pedí prestado.

Queriendo captar cada palabra que decía su padre, Efrén se quedó perfectamente quieto e incluso contuvo la respiración. Pero escuchar que le habían robado el bolso a su amá junto con el dinero que su apá había pedido prestado hizo que le temblara el cuerpo entero.

—Ahora, ¿cómo consigo más dinero para cruzarla?

"Where will he find the money to get her home?" La pregunta abrió un agujero en el corazón de Efrén, mientras más preguntas comenzaron a llenar su mente.

"¿Dónde estará mi amá?".

"¿Estará herida?".

"¿Estará asustada?".

"¿No irá a volver jamás?".

Todo fue demasiado para Efrén. Abrió los ojos y se incorporó.

—¿Amá está bien?

—Sí. Sí. Hablaremos más tarde. —Apá colgó el

teléfono y se pasó el pulgar por las comisuras de los ojos—. Sí, mijo. Está bien.

—Pero no va a volver a casa, ¿verdad?

Apá se apresuró al lado de Efrén y se arrodilló junto al colchón.

—Son...look at me. Es solo un retraso. Nada más. Lo juro.

Efrén cerró los ojos con fuerza, pero por mucho que trató de detenerlas, las lágrimas se deslizaron por su rostro.

—No te sientas mal por llorar. Yo también la extraño mucho.

Ese fue todo el permiso que Efrén necesitaba. Saltó a los brazos de su padre, metiendo la cara en su pecho.

Los sollozos de su apá hacían que su cuerpo subiera y bajara como si tuviera hipo. Efrén no recordaba haber visto a su padre llorar así. No porque fuera demasiado macho para eso. No su apá. Lo más probable es que prefería no sumar su dolor a los problemas de la familia, como cuando se había enfermado el mes pasado y su amá tuvo que obligarlo a quedarse en casa y faltar al trabajo.

A pesar de su fiebre alta, su apá había insistido en

que los médicos son todos charlatanes y que lo único que hacen es sugerir que tomes Tylenol, descanses y bebas mucha agua. No fue hasta que su amá alzó la voz y lo regañó por el mal ejemplo que les estaba dando a sus hijos que finalmente logró que él admitiera la verdad: no quería gastar en sí mismo el dinero de Navidad que había ahorrado para la familia.

—Además —había dicho, señalando el supuesto cierre en su panza— todavía estoy pagando por esta visita, ¿recuerdas?

Su amá no se había reído. Al final habían consultado, y el médico descubrió que su apá tenía neumonía, algo que su amá atribuyó a las largas horas que pasaba trabajando en el frío.

Su apá era duro como un clavo. Verlo llorar así significaba que las cosas estaban realmente mal.

Y ese hecho asustó a Efrén. Lo asustó mucho.

CAPÍTULO 6

Las mañanas de los sábados siempre habían sido especiales para Efrén. Era un día en el que podía dormir un poquito más. Un día en el que podía esperar un tazón humeante de arroz con leche y un bolillo recién horneado esperándolo cuando se despertara. Luego podía ir a su estudio, que servía además de bañera, apurarse en hacer cualquier tarea que tuviera y quedarse hasta que terminara de leer un libro entero o hasta que Max o Mía se metieran a hacer del baño, lo que sucediera primero.

Sin embargo, todo este fin de semana era diferente. Con su apá trabajando horas extras, Efrén tuvo que dedicar cada momento para hacer que Max y Mía estuvieran tan ocupados que no tuvieran tiempo de extrañar a su amá. Era algo que requería mucho de Efrén.

Muchas vueltas por el apartamento cargando los cuates al camachito.

Mucho tiempo empujando a los cuates en los columpios de la escuela.

Mucho colorear.

Mucho tiempo jugando a las escondidas.

Mucho de todo.

De modo que, cuando finalmente llegó la mañana del lunes, Efrén no se quejó. De hecho, esperaba con ansias la oportunidad de descansar.

Desgraciadamente, la mañana del lunes tampoco salió como hubiera querido. Max estaba pasando por un mal rato, por lo que vestirlo resultaba mucho, mucho más difícil.

—Vamos, Maxie. No querrás ir a la escuela en calzones, ¿verdad?

Max salió de debajo de las colchas, provocando un suspiro de alivio en su hermano mayor.

—Así está mejor. —Efrén sostuvo el par de pantalones diminutos para que el pequeño se los pusiera. Solo que los planes de Max eran otros. Pasó sus brazos regordetes por las piernas del pantalón hasta que sus manos asomaron por el otro lado.

—No seas payaso. Por favor, póntelos ahora mismo.

Max sacó los brazos, solo para meter la cabeza en su lugar.

Efrén respiró hondo y se masajeó los lados de la frente. Miró el colchón vacío a su lado, tratando de imaginar qué haría su amá.

Efrén miró directamente a los ojos de Max, que parecían monedas de un centavo.

—¿Qué tal esto? Si te vistes, prometo llevarte al camachito hasta la escuela.

Max negó con la cabeza.

—¿Qué tal si… —una sonrisa torcida brotó en el rostro de Efrén— …. te dejo usar tu piyama de Superman en la escuela?

Max asintió. No sería la primera vez que Max iba a la escuela en piyama: la Sra. Solomon lo entendería.

Mía tiró de la camisa de Efrén.

—¿Y yo? ¿Puedo ir en piyama también?

Efrén se inclinó para mirarla.

—Órale. ¿Por qué no?

Que Max y Mía se aparecieran en la escuela en piyama era la menor de sus preocupaciones.

Cuatro días sin su amá y ya el mundo de Efrén empezaba a desmoronarse. Cuando llegó a la escuela, ya había sonado la segunda campana y había empezado el primer período. Esperaba ver a alguien más, incluso a un maestro, que llegara tarde también, pero los pasillos del campus estaban vacíos. Incluso David parecía haber llegado a clase a tiempo.

En el momento en que Efrén entró en el aula, el Sr. Garrett volteó. Sus pobladas cejas se arquearon con incredulidad.

—Sr. Nava. Llega usted tarde.

Efrén agachó la cabeza y firmó la tablilla de tardanza clavada en la pared. Había visto al Sr. Garrett menospreciar a todos los que alguna vez intentaron justificar su tardanza.

—Las excusas —decía el Sr. Garrett— son como las axilas. Todos las tenemos, y apestan.

De modo que, en la sección del formulario etiquetada como *motivo*, Efrén decidió que era mejor escribir la frase "sin excusa".

Se sintió como si toda la clase se incorporara, prestando mucha atención cuando el Sr. Garrett se acercó al centro del salón.

—Sr. Nava, con esta son dos infracciones seguidas. ¿Hay algo que deba saber?

Efrén intentó levantar la cabeza y hacer contacto

visual como su amá le había enseñado a hacer con los adultos, pero lo mejor que pudo hacer fue negar con la cabeza.

"Además", Efrén pensó, "no cambiará nada".

—Entonces, Sr. Nava, ¿por qué no toma usted asiento? Y no olvide, esta segunda infracción significa que ahora tiene detención después de clases.

¿Después de clases? Imposible. No había nadie más que pudiera recoger a Max y Mía. Doña Chana tenía programado regresar a Guatemala esa mañana, por alguna emergencia con sus padres.

Efrén se quedó paralizado frente a la tablilla de tardanza, preguntándose qué parte de la verdad, si es que alguna, debería contarle al Sr. Garrett. Después de todo, él era un maestro. Y según su apá, los maestros nunca podrían enterarse del estatus legal de la familia. Efrén recordó que su apá le había contado sobre la vez que los votantes del estado aprobaron una ley que habría obligado a todos los maestros, incluso a los buenos como la Sra. Solomon, a denunciar a las autoridades a cualquier niño indocumentado.

Apá, por supuesto, guardaba rencor, diciendo que aunque los tribunales habían borrado la ley, las masas habían hablado y revelado exactamente lo que sentían.

Como consecuencia, aunque Efrén era ciudadano estadounidense, sus padres no lo eran, y él no podía decir una palabra al respecto.

—¿Sr. Nava? ¿Está todo bien? ¿Perdió su asiento?

—No, señor. Yo… yo nada más quería… olvídelo.

Y así sin más, el Sr. Garrett se lanzó a una extensa explicación de cómo las citas directas iban a potenciar los argumentos en cada uno de sus ensayos.

Más tarde, cuando sonó la siguiente campana, le recordó a la clase que lo siguiente a estudiar era la paráfrasis. Pero Efrén apenas le escuchaba. No era propio de él desobedecer a un maestro, pero ¿qué podía hacer? No podía quedarse después de clases. Y no podía contar la verdad.

Efrén extrañaba los viejos tiempos, cuando la cuadra de su barrio constituía todo su mundo, cuando lo único que le preocupaba era ir a lo seguro con un juego de canicas o jugar a ver quién se rajaba en las barras del parque. Era lo único en lo que pensaba la mayor parte del día.

En el séptimo período, la Sra. Flores, la maestra de ciencias, hizo que toda la clase realizara disecciones virtuales de gusanos. Efrén se apresuró a terminar la lección por lo de Max y Mía. Y cuando las clases finalmente terminaron, él estaba a la vanguardia de niños que se alejaban del campus. Pequeños grupos se iban separando de la masa en diferentes barrios con cada cuadra que pasaban. Los que se desviaron primero vivían en la lujosa cuadra de Floral Park. Los que eran un poco menos adinerados desaparecieron en Washington Square, y así en adelante.

"Adelante" era hacia donde se dirigía Efrén, justo hacia la calle Highland, donde los complejos de apartamentos y los árboles frutales constituían la mayor parte del barrio. Al llegar a su cuadra, entró en el estacionamiento de la escuela primaria. Allí, en medio del patio de kínder, estaba la Sra. Solomon haciendo sonar su silbato a los autos que bloqueaban la entrada.

—¡Efrén! —gritó, haciéndole señas.

Se acercó y recibió un gran abrazo.

—Hola, Sra. Solomon. ¿Ha visto a Max y Mía?

—Por los bancos. Tuve un pequeño problema con ellos hoy. ¿Dónde está tu…? ¡Oh, Dios mío! ¿Tu mamá consiguió el trabajo?

Efrén arrugó la cara.

—¿Trabajo?

La Sra. Solomon levantó la mano hacia un carro.

—Sí, el otro día me dijo que iba a ir a Irvine para

una entrevista de trabajo en una nueva fábrica que hace ropa de mujer de alta gama. Dijo que era para el puesto de supervisora.

La mente de Efrén corría a toda máquina. "Debe de haber sido cuando recogieron a mi amá". Por mucho que le molestara mentirle a la Sra. Solomon, no tenía otra opción.

—Sí, comenzó hoy. Dice que su jefe es amable y que la paga es muy buena.

La Sra. Solomon hizo una pausa, lo que puso nervioso a Efrén. No pudo evitar preguntarse si ella le estaría leyendo la cara. Después de todo, lo conocía desde que estaba en su clase de kínder.

—Bueno, dile que me alegro mucho. Ah, y sobre Max y Mía… parecen un poco sensibles, especialmente Max.

La mente de Efrén entró en pánico. Temeroso de decir algo incorrecto, simplemente se encogió de hombros.

—Bueno, tal vez solo tuvieron un mal día —dijo ella, haciendo señas a otro carro para que pasara—. Y recuerda agradecerle a tu mamá por su receta de mole. Dile que la cena fue todo un éxito, gracias a ella.

—Claro, Sra. Solomon.

Con eso, caminó hacia el área de juegos y se sentó

en un banco, mirando a Max empujar a Mía en un columpio antes de saltar a las piernas de ella. A Mía no parecía importarle ni un poco. A veces insufribles, siempre inseparables, como bromearía la Sra. Solomon. Efrén no se imaginaba contándoles lo que le había pasado a su amá. Pero, ¿cuánto tiempo podría ocultarles la verdad?

Consultó el reloj que colgaba sobre los baños. Las tres en punto. Tendría que pensar en qué darles de comer. Se levantó para unirse a Max y Mía. Justo cuando comenzaba a empujarlos de un lado a otro en los columpios, un pensamiento cruzó por su mente.

"Si mi amá no puede volver a casa, ¿significa eso que quizás tengamos que irnos con ella? ¿Nos obligarán a salir de este país también?".

Efrén sintió un jalón en el costado.

—Tengo hambre. —Era Max, siempre predecible.

—Sí, yo también —gritó Mía.

Tanto correr y jugar hacía que los cuates tuvieran hambre. Pero ahora más que nunca, Efrén necesitaba estirar su dinero. Cada dólar ahorrado lo colocaba a un paso más cerca de recuperar a su amá.

Afortunadamente, el camión de comida de Don Tapatío era una verdadera ganga. Pero tendría que tener cuidado. No todo lo que se vendía allí era barato. Pensó en el menú, haciendo cálculos mentales.

Los tacos de carne asada eran definitivamente la mejor oferta. Eran pequeños, pero venían con tortillas dobles. Efrén podría sacar la mitad de la carne y convertir cada taco en dos, un milagro propio.

—Maxie, Mía, ¿qué tal unos tacos?

Max se encogió de hombros. Era fácil complacerlo: comía casi cualquier cosa que se le pusiera delante. Era de Mía de quien Efrén tenía que preocuparse.

—¿Entonces, Mía? ¿Te parecen bien unos tacos?

—No. Quiero unos frijolitos con queso de los que hace amá.

Le mera mención de su madre animó a Max.

—¿Cuándo regresa mi amá?

—Pronto —respondió Efrén—. Pronto.

—Eres un mentiroso —dijo Mía, hundiendo su dedo en la panza de Efrén—. Dijiste que llegaría ayer. Pero mentiste.

Mía tenía razón. Sí había mentido. Peor aún, tendría que mirar a los cuates a los ojos y hacerlo de nuevo.

—La verdad es que su hermana, la tía Martha, se enfermó. Amá está con ella, asegurándose de que se mejore.

Mía apoyó las manos en la cadera y miró a Efrén con los ojos entrecerrados.

—¿Cómo sabemos que no es una mentira?

Efrén extendió su dedo meñique. Mía sonrió y enganchó el suyo para confirmar la promesa.

—¿Y yo qué? —preguntó Max, levantando un dedo regordete.

Efrén le ofreció su otro dedo meñique.

—Se lo juro, amá volverá pronto.

Con eso, Efrén pasó por el camión de comida de Don Tapatío y alimentó a los cuates y a él mismo. Con solo seis dólares, convirtió tres tacos de carne asada en seis y aun así logró darle a Mía la guarnición de frijoles y queso que ella quería.

Ojalá pudiera encontrar así de fácil la manera de traer a su amá de vuelta a casa.

CAPÍTULO 7

Durante la hora de bañarse, Max había exigido un juego de hundir la flota mientras Mía recreaba toda la trama de *La Sirenita*. Para desgracia de Efrén, ambos juegos requirieron muchos chapoteos. Cuando Efrén los metió en la cama, estaba tan agotado como empapado.

Con los cuates ahora dormidos, se fue a la mesa de la cocina para comenzar la hora o más de tarea que lo esperaba. Pero en lugar de empezar, Efrén apartó la tarea. Recorrió el apartamento con la mirada, pensando en las casas por las que pasaba todos los días yendo y volviendo de la escuela. Pensó en las yardas delanteras con zacate, suficientemente grandes para jugar al fútbol. Trató de imaginarse a sí mismo corriendo por ese verdor como había visto hacer a los otros muchachos de su escuela. Pero, sin importar cuánto lo intentara, parecía que no podía. Su mente simplemente se negaba.

—¿Por qué? —decía su cerebro—. ¿Cuál es el punto? Nunca vas a tener nada ni siquiera parecido a eso. No tú.

Efrén cerró los ojos y respiró hondo, tratando de luchar contra la náusea en sus entrañas. Extrañaba a su amá. Su sonrisa. Sus carcajadas. Su comida y sus abrazos. Pero lo que realmente extrañaba era la forma en que parecía alegrar al mundo entero.

Ahora que ella se había ido, la vida de Efrén se sentía… bueno, de segunda mano.

Pasó los ojos por todo el estudio, miró el techo dañado por agua, luego los muebles que cubrían la habitación y que no hacían juego y, por supuesto, los dos colchones que cubrían la mayor parte del suelo. Nunca antes su hogar se había sentido tan pequeño, tan pobre.

Su familia no tenía mucho, pero de alguna manera, su amá había logrado evitar que este hecho realmente se sintiera. Ahora, el proteger a Max y Mía se había convertido en el trabajo de Efrén.

¿Pero cómo?

Abrió el cierre de su mochila y organizó las tareas por grado de dificultad. Lo más fácil primero.

Se quedó mirando la oración de muestra para la clase de inglés.

Sally's mother bakes wonderful cookies.

"Mother" era el sujeto, "bakes" era el verbo y "cookies" era el complemento directo. Volteó hacia la cocina y se preguntó si su amá regresaría alguna vez. Si pondría un pie en esa cocina de nuevo.

En ese momento, escuchó el sonido de llaves y luego la puerta de mosquitero se abrió con un crujido. *¡Apá!*

Efrén lo saludó con un abrazo. Apá lo apretó también, por un poco más tiempo de lo habitual.

—Ten —dijo, entregándole una caja de pizza—. Pon esto en el refri. Es para ustedes tres, mañana. —Apá volteó hacia la puerta—. Ahorita vengo.

¡Pizza! Max y Mía iban a estar locos de contento. Efrén miró dentro de la caja. *¡Pepperoni y piña!* Su favorita.

Se asomó a la ventana y vio a su apá hablando con un hombre. Estaban parados junto a la parte trasera de la camioneta de su apá. El hombre vestía jeans y botas como su apá y dijo algo que hizo que apá negara con la cabeza. Entonces apá dijo algo que hizo que el hombre asintiera antes de ofrecerle la mano.

Luego, dos hombres se subieron a la parte trasera del

camión y desabrocharon el contenedor de herramientas de metal.

"¿Las herramientas de apá?". Efrén no podía creerlo. Eran la posesión más preciada de su apá. No importaba cuánto las usara, siempre las mantenía como nuevas. Amá a veces le hacía un poco de burla, llamando a la colección su cuarto hijo.

Como no quería parecer entrometido, ni metiche, como diría su amá, Efrén decidió volver a sus tareas.

Apá entró con un cheque en la mano.

Efrén no pudo evitar hacer la pregunta.

—¿Es suficiente dinero para recuperar a mi amá?

—No. Pero es un comienzo. —Apá miró a los cuates—. De eso hay que hablar. Conseguí un trabajo de horas extras en la oficina de mi jefe, solo que es hasta la madrugada. Así que necesito saber si puedes cuidar de los peques un poco más.

Efrén trató de encontrarle sentido a lo que acababa de escuchar.

—Sí, pero… espera, ¿cómo vas a trabajar día y noche? ¿Cuándo vas a dormir?

—Es solo temporal. Además —dijo apá flexionando sus bíceps— tu viejo es de acero. No tienes que preocuparte por mí, ¿de acuerdo, mijo? Voy a trabajar como supervisor para un equipo de limpieza. Ellos van a hacer la mayor parte del trabajo. Solo los voy a estar mandando.

Apá se acercó a un cajón en la cocina y volvió con una bolsa llena de monedas.

"El dinero de la lavandería que esconde mi amá".

—Ten. Para la comida. —Le entregó las monedas a Efrén—. Con esto y el cheque que acabo de recibir, estaremos bien. Ahora vete a la cama. Ya es tarde.

Efrén se envolvió en su cobija. Vio a su apá rociarse un poco de desodorante, luego tomar una rebanada de pizza fría y dirigirse al trabajo.

Apá también era súper. Un auténtico Soperman.

Al día siguiente, después de dejar a los cuates, Efrén corrió a clase. Sonó el primer timbre, pero esperó junto a la puerta, viendo entrar a los otros estudiantes. ¿Qué iba a decirle al Sr. Garrett acerca de haber faltado a la detención?

—¿F-mon? Qué'tás haciendo? —Era David, montado en su patineta mientras saltaba al ritmo de un reggae que solo él podía escuchar.

Efrén se encogió de hombros.

—Disfrutando los últimos minutos de mi vida.

—¿Cómo?

—No me presenté a la detención ayer. —Efrén suspiró. David recogió su tabla.

—Oh, man. ¿Qué tal si entro contigo? A lo mejor me grita por traer mi patineta y se olvida de lo demás. Vamos.

Como la mayoría de los planes de David, este tampoco funcionó. Efrén entró al salón de clases. El Sr. Garrett se puso de pie, miró el reloj y esperó la campana antes de decir una palabra.

—Sr. Nava. ¿Le importaría explicar por qué eligió hacer caso omiso de su detención ayer?

El estómago de Efrén se retorció y, por un breve instante, pensó que vomitaría. Respiró profundamente.

Pero el Sr. Garrett no se dio por vencido.

—Sr. Nava. Estoy esperando.

A Efrén le hirvió la sangre. Después de todo lo que había pasado, ¿ahora esto? Levantó la vista hacia el Sr. Garrett y lo fulminó con la mirada.

—¿Por qué? —dijo, sintiendo como su ira se derramaba—. No es como si a usted le importara.

La clase se quedó en silencio. Los estudiantes se miraban boquiabiertos. No podían creer lo que estaba pasando.

El pecho de Efrén subía y bajaba. Todo lo que logró hacer fue clavarse las uñas en la palma de la mano.

El Sr. Garrett se quedó parado, perfectamente inmóvil, perfectamente silencioso. Observó los puños cerrados de Efrén, su ropa arrugada, su cabello descuidado y despeinado.

Efrén sentía que la habitación se encogía y tiró de su camisa incómodo.

Sin embargo, extrañamente, el ceño fruncido del Sr. Garrett pareció relajarse. Tal vez acababa de pensar en la consecuencia perfecta.

—¿Por qué no tomas asiento, Efrén?

Hubo otro revuelo entre los estudiantes. Efrén no solo le había rezongado a su maestro, sino que el Sr. Garrett lo había permitido. Caray, hasta se había dirigido a Efrén por su nombre de pila y lo había tuteado. Esas cosas nunca sucedían.

Efrén tomó asiento, consciente de que ahora todos los ojos estaban puestos en él.

La gélida voz de profesor del Sr. Garrett volvió de repente.

—Ahora, clase, comencemos.

Media hora más tarde, el Sr. Garrett había llenado completamente el pizarrón blanco con una línea de tiempo gigante de la Segunda Guerra Mundial.

—Está bien, ahora que he repasado el material, tomen sus apuntes en silencio.

Efrén no podía explicar lo que había sucedido. Cuando finalmente se acabó la clase, recogió sus cosas y comenzó a salir, pero por supuesto, el Sr. Garrett lo llamó. Efrén regresó al escritorio del maestro, pero el Sr. Garrett no dijo una palabra, solo se quedó parado, esperando a que saliera el último estudiante.

—Tareas incompletas. Tardanza. Insolencia. Esta falta de responsabilidad es tan impropia de ti —dijo finalmente—. ¿Está todo bien?

Efrén no respondió. Lo mejor era mantener la cabeza baja y cerrar los ojos lo suficiente para que no se le escaparan las lágrimas.

La voz del Sr. Garrett se suavizó.

—Los adultos podemos ser bastante miopes a veces. Olvidamos que los niños también pueden tener problemas. Quiero decir, normalmente vienes a clase, listo para aprender. Y tu ropa... nunca antes te había visto sin rayas perfectamente planchadas.

Efrén no pudo evitar pensar en su amá, y antes de que pudiera sacar la mano del bolsillo y limpiarse la cara, unas lágrimas lograron escapar.

—Sé lo que es tener la vida patas arriba. —Volteó hacia un marco en su escritorio, una foto de su ex esposa y sus dos hijos. Luego volvió la vista a Efrén—. Tú, amigo mío, tienes ese mismo aire.

Efrén se frotó la cara con la manga y miró la foto. La ex esposa del Sr. Garrett tenía cabello largo y ondulado, tez melosa y ojos color caramelo... como la madre de Efrén.

"¿Una latina? ¡Se había casado con una latina! ¿Esto quiere decir que ahora puedo confiar en el Sr. Garrett?".

Después de todo, lo último que quería hacer era poner en peligro a su apá también. Si lo arrestaran, lo más probable es que toda la familia fuera arrancada como una mala hierba no deseada y arrojada al otro lado de la frontera.

La frente del Sr. Garrett se arrugó mientras estudiaba el rostro de Efrén.

—Mira, Efrén, no tienes que decirme lo que te pasa, pero tal vez quieras considerar decírselo a alguien en quien puedas confiar.

Los ojos de Efrén iban del Sr. Garrett a la foto de su ex esposa y sus dos hijos. Un niño y una niña.

Para Efrén era ahora o nunca.

—Mi madre... fue deportada. —Las palabras parecieron escapársele junto con sus lágrimas rebeldes.

El Sr. Garrett suspiró profundamente.

—Lo lamento mucho. ¿Y tu padre?

—Está buscando cómo traerla de regreso.

El Sr. Garrett volvió a respirar hondo.

—Mira, no te digo que será fácil, pero debes dejar esto en manos de tu padre. Eres solo un chavito, y esto es demasiado peso para tus hombros. Confía en tu padre. Deja que él se encargue de esto, ¿sí?

Efrén quería aceptar lo que decía su maestro, pero las caras de Max y Mía inmediatamente llenaron su cabeza. ¿Quién los protegería mientras su apá intentaba recuperar a su amá?

No. Efrén era el mayor. La deportación de su madre también era su problema. Tendría que ayudar en todo lo que pudiera, sin importar qué.

—Gracias, señor —dijo Efrén.

El Sr. Garrett cerró los ojos y suspiró.

—Ojalá pudiera hacer más.

Efrén se agarró la nuca y la frotó. La preocupación. La presión. Lo estaban desgastando tanto que apenas logró sobrevivir la clase de matemáticas. Después de resolver el último acertijo matemático de la Sra. Covey, tomó la billetera que su apá le había hecho con cinta de ducto y sacó el dinero que le había sobrado del camión de comida la noche anterior.

Palpó su bolsillo, asegurándose de que todavía tenía el dinero de la lavandería también.

Sonó la campana. Efrén se unió a la estampida de estudiantes en la fila de la comida de medio día. No tenía hambre, pero sabía que no podía permitirse el lujo de dejar pasar una comida gratis, incluso si solo era un almuerzo escolar.

Para ser justos, la comida que servían en la escuela no era tan horrible, pero no podía competir con lo que su amá le preparaba todos los días. El burrito que le sirvieron, hecho de nada más frijoles y queso amarillo, estaba grasiento y aguado, aunque de alguna forma las esquinas de la tortilla de harina lograron mantenerse duras y frías.

Efrén miró las guarniciones —galletas con crema de cacahuate, paquetes de queso en tiras y palitos de apio— y se preguntó qué artículos querrían comer Max y Mía.

"Pero, ¿si la comida se echa a perder?".

Efrén no podía arriesgarse y terminó escogiendo una caja de jugo y galletas.

Luego, en lugar de unirse a David y al resto de sus amigos, Efrén se sentó en el rincón más alejado de la cafetería. Pasó la mayor parte del descanso mirando el reloj y reorganizando cuidadosamente las cosas en su mochila.

A las 11:56 a.m., los supervisores de la tarde tomaron sus posiciones a lo largo de la escalera que conduce al piso principal. La hora de comer estaba a punto de terminar y necesitaba darse prisa. Revisó el área y se dirigió hacia una mesa vacía.

El corazón de Efrén latía como un martillo neumático. Sabía que el dinero de la lavandería no duraría mucho y necesitaba hacer algo al respecto. Robar comida de la escuela no solo estaba mal, ¡era vergonzoso!

Si algún muchacho lo pescaba, nunca lo dejarían en paz. De todos modos, Efrén sabía lo que tenía que hacer. Abrió el cierre de su mochila y se dirigió a la mesa más cercana a la oficina principal. A los muchachos no les gustaba juntarse allí. Se apoyó contra el bote de basura más cercano y agarró algunas de las bolsas sin abrir de apio y galletas que los estudiantes habían tirado sin pensar. Rápidamente, cerró la mochila.

—¡Oye, Efrén! —David gritó, corriendo para acercarse.

A Efrén casi se le salió el corazón por la boca mientras escondía su mochila detrás de él.

—¿Dónde andabas? —dijo David, mientras le extendía la mano. Efrén estiró el brazo y los dos chocaron palmas, acto que terminó en una rápida pelea de pulgares.

Efrén esperaba que David no notara el temblor de sus manos y su voz.

—Ah, estaba tratando de pensar en nuevas ideas para cartelones... para tu campaña.

—No puedo creer que Jennifer haya robado mis ideas. Anyway, ven a ver una locura en Internet. Un tipo se tomó un vaso de leche por la nariz. ¡En serio!

—Sí, seguro.

David sonrió y volvió corriendo a su mesa.

Efrén bajó la cabeza y suspiró. "¿Cómo se pusieron las cosas tan mal?".

CAPÍTULO 8

Esa noche, los cuates se mantenían ocupados volteando los colchones y montando una fortaleza mientras Efrén recalentaba la pizza sobre el comal, como hacía su amá. Solo que a diferencia de ella, Efrén usó un par de pinzas de madera para dar vuelta a cada rebanada en la plancha. Como estaban fríos, el queso no se pegaba.

—Más les vale limpiar el despapaye que están haciendo. ¿Entendieron?

Pero Max y Mía estaban sobre su colchón, envolviéndose en las sábanas.

Efrén recogió las últimas rebanadas y las colocó en un plato. Se lamió un chorrito de salsa roja de su dedo y volteó para observar a los peques retorciéndose en su fuerte, felices y sin preocupaciones.

¿Por cuánto tiempo más podría mantenerlos a oscuras?

—Ya, burritos —gritó—, vayan a lavarse las manos y vengan a comer.

Mía se liberó y se dirigió a la barra. Se puso de puntillas para asomarse.

—¿Que hay para cenar?

Efrén se encogió de hombros.

—Pasta con chapulines, ¿qué más podría ser?

Mía le lanzó una mirada que claramente decía "sí, claro".

—Pizza, morrita. Vamos a comer pizza con pepperoni y piña. ¡Así que ve a lavarte!

Mía sonrió y se fue corriendo al baño, echando porras.

Efrén abrió los gabinetes de arriba y bajó la bandeja favorita (y única) de su amá. Luego alineó las galletas saladas y los palitos de apio que había recolectado de la escuela.

—Miren, morritos —dijo Efrén— es como un buffet en el restorán Sizzler.

Tendría que recoger más snacks de la escuela al día siguiente o se vería obligado sin duda a tocar el dinero de la lavandería. Efrén miró el arreglo de la comida y sintió vergüenza por lo que había hecho. Trató de apartar ese sentimiento, trató de convencerse de que sacar comida del bote de basura no era realmente robar.

"Ay, amá. Si solo estu…".

Sonó el teléfono. Un escalofrío sustituyó la pena. ¿Y si fuera alguien de ICE buscando a su apá? ¿Qué diría? ¿Y si fuera su apá? ¿Y si ya estaba metido en una bronca?

Efrén levantó el auricular.

—Hello?

Una grabación de voz decía:

—Buenas noches, tiene una llamada por cobrar de —luego se coló la voz de su amá— María Elena Nava —luego volvió la grabación—. ¿Le gustaría aceptar los cargos?

El corazón de Efrén se aceleró.

—SÍ. ¡SÍ!

—Llamada conectada.

Era extraño, pensó Efrén, como su amá siempre lograba aparecer cuando él la necesitaba.

—¿Amá?

—Sí, mijo. ¡Ay, cómo te extraño!

—Yo también te extraño —dijo Efrén.

—¿Cómo están los gemelos?

—Max y Mía están bien.

—¿Es mi amá? —preguntó Max. Efrén volteó para descubrir a los cuates a su lado, sonriendo de oreja a oreja.

—Sí —dijo Efrén, asintiendo—. Esperen, dejen que la ponga en speaker.

—¡Hola, amá! —gritó Max—. ¿Cuándo vienes a casa?

—Pronto, mijo. Te lo juro.

Esa era una promesa que Efrén deseaba poder cumplir.

—¿Y tú, Mía? —preguntó amá—. ¿Estás ahí?

Solo que Mía no respondió cuando su amá preguntó por ella. Efrén tapó el altavoz del teléfono.

—Es amá. Dile hola.

Mía se cruzó de brazos y frunció los labios.

Efrén quitó la mano del teléfono.

—Lo siento, Mía está actuando raro. Ya sabes cómo se pone.

—¡Estoy enojada con amá! —gritó la niña—. Por dejarnos tanto tiempo.

—¡Mía! —regañó Efrén.

—No. Está bien. —Su amá trató de ocultar su dolor—. Déjala. Es demasiado pequeña para entender.

Tenía razón.

—Mira, Efrén —agregó su amá—, dile a tu apá que encontré una habitación. No es mucho, pero el propietario está dispuesto a esperar el pago. Dile que necesitaré algo de dinero pronto. ¿Okey?

—Sí, amá. Se lo diré.

—Tengo que colgar. Vi un letrero de "se busca ayuda" en una farmacia cerquita. My English didn't help me much in the US. Maybe here in Mexico, things will be different. Adiós, mijos. ¡Los quiero mucho!

—Te queremos también. ¿Verdad, morritos?

Max abrió los brazos para mostrar cuánto.

—Adiós.

Efrén ni siquiera había colgado cuando sintió una patada en la pierna. Miró a Mía, que se preparaba para un segundo ataque.

—¿Por qué mi amá necesita buscar un trabajo? ¿Y por qué está en México?

El dolor de la patada de Mía no se comparaba con el escozor de sus preguntas.

Efrén suspiró. Esta era más bien una pregunta para su apá. Pero como él andaría trabajando toda la noche, se convirtió en una cosa más que Efrén tendría que hacer.

—Okey, okey. Te voy a decir… la verdad.

La cena estuvo llena de primicias. Era la primera vez que una rebanada caliente de pizza permanecía sin tocarse en el plato de Max.

—¿Entonces? —preguntó Mía, mirándolo con ojos entrecerrados.

El estómago de Efrén exigía a gritos una rebanada de pizza, pero Mía tenía razón. Necesitaban hablar.

—Okey. Siento no haberles dicho la verdad antes. Solo estaba tratando de evitar que se preocuparan.

—¿Por qué? —preguntó Mía—. ¿Pasó algo malo?

—Bueno, sí. Arrestaron a amá.

Los ojos de Max se abrieron de par en par.

—¿La arrestaron? ¿Qué hizo?

—Digo, no —aclaró Efrén—. No la arrestaron. La deportaron.

Max volteó hacia Mía.

—¿Qué es deportar?

Efrén inhaló.

—Significa que se la llevaron.

—¿Por qué? —insistió Mía—. ¿Quién se la llevó?

—Inmigración. ICE.

Mía se encogió de hombros.

—La migra —aclaró Efrén. Finalmente, Mía pareció entender.

Para Max no fue tan claro.

—¿Hizo algo malo?

—No, no hizo nada malo.

—¿Entonces por qué se la llevaron?

—Porque... no tiene permiso para estar aquí —dijo Efrén.

—Bueno, le doy permiso.

—Sí, yo también —agregó Mía.

—No, no ese tipo de permiso. No está en este país legalmente.

—Espera —preguntó Mía— ¿así que mi amá sí rompió una ley?

—No. Bueno, algo así, supongo. No sé.

Max estaba más perdido que nunca.

—Así que amá es una delincuente. ¿Es una espía?

—¡No! Oh, geez. —Efrén se tomó un momento para recuperarse. Echó un vistazo al cuarto y vislumbró el libro de Dr. Seuss en el suelo.

—Es como la historia de los Sneetches —explicó—. Piénsenlo de esta manera: las personas en los Estados Unidos tienen estrellas.

—¿En sus panzas? —añadió Max.

—Sí, Maxie, "tienen en la panza estrellas". Y amá, bueno, no tiene. Es como una "Sneetch Panza-Lisa".

Mía golpeó el comedor con el puño.

—Pero eso no importa. Al final del libro, a nadie le importa quién tiene una estrella y quién no.

—Lo sé —dijo Efrén—. Supongo que el mundo todavía no ha llegado a ese punto.

El resto de la cena transcurrió en silencio. Nadie comió, ni siquiera Max. Efrén recogió las rebanadas intactas y las guardó en el refri. Encendió la televisión y buscó sus programas favoritos. Pero incluso entonces, nadie dijo una palabra.

La hora de acostarse llegó un poco más tarde de lo habitual. El intento de Efrén de leer *Los Sneetches y otros cuentos* simplemente generó más preguntas y, por supuesto, más berrinches. Efrén le ofreció a Mía su muñeco de peluche desnudo, pero ella lo aventó.

—¡No! —gritó—. ¡Quiero a mi amá!

Efrén buscó en la caja de libros cualquier cosa que no tuviera que ver con el personaje de una madre. En poco tiempo, encontró un viejo favorito: *Clifford, el gran perro rojo.*

Max y Mía jalaron cada uno del libro.

—Cuidado o lo van a romper —advirtió Efrén, quitándoles el libro y levantándolo por encima de su cabeza—. Se lo voy a leer... cuando estén listos para dormir.

Max saltó sobre el colchón y se metió debajo de las sábanas. Pero Mía no. Ella se tomó su tiempo.

—¿Listos? —preguntó Efrén.

Ambos cuates asintieron.

Página tras página, Max y Mía seguían la lectura.

—Otra vez —gritó Max después de que Efrén cerró el libro.

Efrén se apretó las sienes y se frotó los ojos.

—Okey. Una vez más —dijo antes de empezar de nuevo.

No fue hasta que la cabeza de Max descansara en el pecho de Efrén, y la de Mía en su gemelo, que Efrén finalmente apagó la luz de noche portátil.

Con cuidado, se desenredó de sus hermanos menores. Miró el reloj, eran las 9:35 p.m. Apá ya debería haber llegado a casa. Efrén no recordaba nunca haberse preocupado por él de esta manera. Apá era fuerte y siempre cuidaba de la familia.

Cada vez que había un ruido extraño afuera, o el

aullido de sirenas cerca, era su apá quien se levantaba para investigar. En México, su apá había llegado a ser teniente de la policía antes de venir a los Estados Unidos, y con frecuencia le contaba a Efrén historias sobre cómo él y sus hombres habían acabado con algunos de los criminales más poderosos del país, verdaderos traficantes de drogas. Así que tener a su apá cerca era como tener un superhéroe vigilando el barrio, protegiéndolo de matones que pudieran causar problemas. Incluso vestido con nada más que calzón y calcetines negros, su apá se veía fuerte y valiente. Efrén no podía imaginar que alguien quisiera meterse con él.

Hasta ahora.

Defender a su familia en el barrio era una cosa. Enfrentarse a todo un país que quería que se largara era otra.

Efrén se acercó a la ventana y se asomó entre dos de los listones rotos de la persiana. Allí, bajo una luz de la calle que parpadeaba, estaban Rafa y sus amigos, tomando cervezas junto a un Honda Civic tuneado.

Rafa no era muy grande que digamos. Pero era tan chido como flaco... huesudo, más bien. Tenía una enorme sonrisa y muchos cuates, especialmente morritos. Eso era porque el verano anterior, cuando se cortó la luz y nadie tenía aire acondicionado, detuvo un paletero y compró nieves para todos los huercos de la cuadra.

Aun así, a la madre de Efrén no le gustaba que Rafa se la pasara con sus compadres afuera del complejo de apartamentos.

A su padre no le caía para nada. Dijo que atraía broncas.

Y eso fue lo que temió Efrén cuando se acercó una camioneta negra con las luces largas encendidas. Algunos de los cuates de Rafa dieron un paso adelante, extendiendo las manos hacia atrás como para sacar algo de la cintura.

Preocupado por lo que podría pasar a continuación, Efrén contuvo la respiración. Por suerte, la brillante camioneta se detuvo junto a los muchachos y el conductor bajó los vidrios para saludar a todos de mano. Sin duda, era parte del grupo, y estaba allí para mostrar su nuevo carro. Efrén dejó escapar un suspiro y soltó los listones.

Una cosa que había aprendido al ayudar a su amá en la lavandería era que las redadas a veces se anunciaban en línea. Quizá podría encontrar algunas respuestas en Internet. Agarró el Chromebook que le había asignado su escuela. La señal de Wi-Fi de la casa era lenta y poco confiable, pero al menos era de su familia. Otros muchachos de la escuela habían bajado una aplicación para anular las contraseñas de sus vecinos y así obtener acceso gratuito, pero la madre de Efrén siempre había insistido en pagar por su propia cuenta de Internet. Simplemente así era ella.

Como no quería despertar a los cuates, Efrén se metió a la bañera vacía con el laptop y googleó puntos de control de ICE en el área. Normalmente, leer en la tina era relajante y divertido. Esta vez, no.

Búsqueda tras búsqueda, encontró sitios "oficiales" que juraban que ICE no realizaba controles al azar. Sin embargo, también encontró imágenes de celulares que mostraba a los agentes de ICE sacando a la gente de sus autos y casas.

Efrén se mordió las uñas. Cualquiera de estos hombres podría fácilmente ser su apá. Hizo clic en otro enlace. La pantalla se llenó de inmediato con titulares de todo el país. Imágenes, artículos, blogs, historias sobre inmigrantes indocumentados: algunas positivas, la mayoría no.

Hizo clic en artículos, a veces videos, de personas que fueron sacadas del lugar de trabajo, hospitales e incluso hogares. Se hablaba repetidamente de un nuevo muro gigante.

Sus entrañas comenzaron a temblar a medida que crecía su temor por su apá. Incluso trabajando horas extras, no debería llegar tan tarde.

Efrén estaba demasiado cansado, demasiado desmotivado para hacer la tarea. Cerró la computadora y volvió a la cama, pero en lugar de dormir, se quedó mirando las manchas del techo. Siguió los patrones hasta que comenzaron a formarse imágenes. Al principio, las imágenes eran simples, un par de ojos aquí, una sonrisa allá, pero finalmente las formas se volvieron más elaboradas.

Sus ojos siguieron una línea curva junto a una vieja mancha de agua. Pronto surgió una imagen de un continente: era América del Norte, partida por la mitad. Apartó la mirada por un segundo, pero la imagen se negó a desaparecer. Tanta discusión sobre "el muro" lo atormentaba. Había leído una petición para que el gobierno quitara la ciudadanía a los hijos de inmigrantes "ilegales", como los padres de Efrén. Se le revolvía el estómago mientras miraba hacia la puerta principal, sin saber si algún día la policía irrumpiría para llevárselos a todos.

En ese momento, el sonido de alguien abriendo la puerta hizo que el pulso de Efrén se acelerara. Reconocía el tintineo de las llaves de su apá, pero no logró relajarse hasta verlo cruzar el umbral.

Apá entró cargando una bolsa de supermercado con una mano muy envuelta. Efrén le ayudó con la bolsa, los ojos pegados a la mancha roja en el centro de la palma de su padre.

—Apá —susurró fuerte—. ¿Qué te pasó?

Apá se miró la mano y la agitó con desdén.

—Nada. Es solo un raspón.

Efrén alzó la vista a los ojos hinchados de su padre. Nunca lo había visto tan cansado. Efrén sabía que trabajar en la construcción sin descansar era peligroso y no quería aumentar las preocupaciones de su apá, pero también sabía que el mensaje de su amá era importante.

Efrén se acercó y observó cómo su padre metía la mano lesionada debajo de la llave de la cocina, cómo la sangre diluida bajaba lenta por el desagüe del zinc.

—Amá llamó —dijo finalmente.

Su apá volteó hacia él, olvidándose por completo de su herida.

—¿Cómo está? ¿Qué dijo?

—Dijo que estaba bien. Que encontró un cuarto...

pero pronto va a necesitar dinero para pagarlo.

—Sí —contestó apá mientras le daba un último enjuague a su mano—. No te preocupes, mijo. Se lo haré llegar.

Había tanto que Efrén quería decir. Preguntas que quería hacer. Pero no, ahora no podía molestar a su apá con preguntas. Decidió mejor guardar las compras con esmero silencioso.

En ese estilo propio de él, el padre de Efrén se desvistió hasta quedar en calzones y se dirigió a la ducha. El momento que se cerró la puerta del baño, Efrén corrió a la cocina y comenzó a hervir agua para una taza de Nescafé, como había visto a su amá hacer muchas veces, algo que ayudaría a mantener despierto a su apá durante su nuevo turno de noche. Efrén luego se inclinó a recoger las prendas tiradas en el piso. Olían a sudor y aserrín y se sentían rígidas al tacto cuando las metió en la bolsa de la ropa sucia.

"¡Ropa sucia!". Efrén sintió que se le tensaron los hombros. Odiaba gastar las monedas que le quedaban, pero sabía que pronto tendría que ir a la lavandería.

"No es tan difícil. Separar la ropa blanca. Agregar jabón. Secar y doblar".

—Mijo. —La voz de su apá lo tomó desprevenido—.

Quiero que saques diez dólares de mi billetera. Asegúrate de que tú y los gemelos coman bien.

Efrén afirmó con la cabeza mientras su apá se abotonaba la camisa blanca del uniforme.

—¿Cómo sigues?

Por mucho que Efrén quisiera confesar y decir la verdad, hablar sobre lo cansado que estaba, sobre cómo le estaba afectando la preocupación, sobre lo estresado que estaba en la escuela, sabía que las preocupaciones de su apá eran mayores.

—Bien, apá. Estoy bien.

—Good. —Apá se acercó y besó su frente—. Oye, estoy muy orgulloso de ti.

Efrén no pudo más que sonreír.

—Y yo también de ti.

Y con eso, apá se fue de nuevo a trabajar toda la noche.

El apartamento entero quedó en silencio. Efrén se metió debajo de las sábanas en el lugar donde solía dormir su amá.

Respiró hondo y miró hacia el techo. La línea que dividía el continente ahora se había extendido por toda el área de la sala. Lo único que podía hacer era cerrar los ojos y fingir que no estaba allí.

A la mañana siguiente, un fuerte sonido metálico despertó a Efrén. El ruido provenía de la cocina. Efrén se incorporó sobre el colchón.

—Maxie, ¿qué estás haciendo?

—Conseguir una cuchara.

—¿Para qué? —Se levantó y bajó a Max de la barra. Max señaló el congelador abierto.

—Para la nieve.

—No —dijo Efrén—. Tienes que desayunar primero. Ya lo sabes.

—Voy a desayunar... ¡nieve!

Efrén le clavo una mirada torva.

—No. Ahora ve a vestirte.

Cuando Efrén metió el bote de nieve en el congelador y volteó, Max ya no estaba. Mía se encontraba en la sala, limpiándose las lagañas.

—Mía, ¿dónde está Maxie? —preguntó Efrén.

Mía se metió la camiseta por la cabeza.

—Escondiéndose.

—¿Sabes dónde?

Ella sacudió la cabeza debajo de su camiseta.

Como había tan pocos lugares donde esconderse, Efrén se dirigió directamente al baño. Pero todo lo que encontró fueron algunos libros olvidados. De Max ni sus luces. Regresó a la sala, revisando el espacio en busca de bultos extraños. De nuevo, sin suerte.

Miró hacia la puerta principal y la ventana y, después de ver que ambas aún estaban cerradas, entró en la cocina y comenzó a abrir los cajones inferiores del gabinete.

—¡Sorpresa! —gritó Max, saliendo disparado cuando Efrén abrió las puertas debajo del zinc.

—Órale, me asustaste. Ahora, por favor, ¿podrías…? —Efrén notó que la espalda y el calzón de Max goteaban—. Espera, ¿te measte?

Insultado, Max lo miró con desprecio.

Ahora que le llegaba un olor extraño, Efrén siguió el rastro de agua hasta el gabinete del zinc.

—¡Maxie, derramaste el limpiador de desagües! —Sin perder un segundo, levantó a Max y lo llevó rápidamente a la bañera.

Solo que Max no quiso cooperar y aflojó todos sus músculos, una táctica muy suya.

—No, manches, Maxie. ¿En serio te me vas a poner así?

Pero Efrén lo sostuvo lo mejor que pudo, abrió la

llave y apuntó el rociador manual de la regadera directamente hacia él.

—¡Para! —Max gritó—. ¡El agua está fría!

Efrén se aferró a él lo mejor que pudo.

—Lo siento, pero este mugrero podría quemarte. ¡Ahora deja de retorcerte!

Max jaló el cabello de Efrén y balanceó sus piernas salvajemente. Una de sus patadas clavó a Efrén en la mandíbula, haciendo que se mordiera el labio.

Efrén estaba harto.

—¡Estoy tratando de ayudarte! —Sin pensarlo, Efrén le dio una fuerte nalgada. Lo lamentó inmediatamente.

Los ojos de Max se llenaron de lágrimas. El corazón de Efrén se llenó de remordimiento.

—Lo siento, Maxie. No quise pegarte. Pero debes entender que lo que derramaste es peligroso.

Max no respondió.

De hecho, no volvió a responder durante el desayuno cuando Efrén se ofreció a calentar el jarabe para los waffles recién tostados que había encontrado en el fondo del congelador. Incluso después de numerosas disculpas, Max solo se quedó sentado, revolviendo su comida en el plato mientras Mía fulminaba a Efrén con la mirada, sacudiendo la cabeza.

Sin duda, fue el desayuno más callado que jamás habían tenido.

Todavía empapados por el incidente del baño, los calcetines de Efrén chapoteaban con cada paso, lo que hizo que su viaje de veinte minutos a la escuela se sintiera más largo que nunca. Cada paso empapado le recordaba lo que había hecho. Deseó que el entumecimiento que sentía en los dedos de los pies pudiera de alguna manera extenderse al resto de él.

A pesar de la mañana difícil, se las arregló para llegar a la escuela a tiempo. Notó que había un grupo de muchachos fuera de su clase del primer período. Efrén se apresuró en unírseles.

David y otros cuantos estaban de puntillas, tratando sin éxito de asomarse por encima del cartelón de NO MOLESTAR pegado en la ventana.

—¿Que está pasando? —preguntó Efrén.

David se encogió de hombros.

—Pos, *suena* a que el Sr. Garrett está golpeando las paredes con su grapadora.

—Sí —dijo Ana Santana, la güera del pelo rubio

verdoso—. Tal vez esté decorando la habitación. Como un maestro normal. —Se puso de puntillas, pero incluso con sus piernas largas, no podía ver nada.

—Ya sé —dijo David, levantando el pie y ofreciéndoselo a Ana—. Hazme un paro, ¿no? Súbeme.

Ana negó con la cabeza.

—Para nada. No voy a acercarme a tus patas apestosas.

David le lanzó una mirada torva.

—Pa' que conste, estos pronto serán los piecitos presidenciales. Y por tu comentario, no *dejaré* que los toques entonces.

Ana arrugó la nariz con asco, pero a David no le importó. Ya se había volteado con Efrén.

—¿Qué tal tú, F-mon? —dijo, ofreciéndole su pie—. No te importa, ¿verdad?

Efrén se encogió de hombros y estaba a punto de apoyar el pie de David cuando Ana Santana le tocó el hombro.

—Tengo una mejor idea —dijo, agitando su celular.

Efrén se hizo a un lado y observó cómo Ana levantaba su teléfono sobre la cabeza y lo presionaba contra la ventana para grabar un video rápido. Treinta segundos después, volvió a bajarlo y todos se le arrimaron para echar un vistazo.

Efrén se puso de puntillas, justo detrás de David. Efectivamente, un mar de cartelones amarillos ahora iluminaba la sombría aula. Así no se comportaba normalmente el Sr. Garrett.

Y si eso no fuera lo suficientemente extraño, después de que sonó la campana, el Sr. Garrett abrió la puerta y saludó a todos los que entraban con un... ¿choque de manos?

Sin duda no era normal.

Aún sintiendo la humedad de sus calcetines, Efrén se puso al final de la fila. Cuando llegó a la puerta, no tuvo más remedio que levantar la mano.

—Buenos días, Sr. Nava —dijo el Sr. Garrett, chocándole los cinco.

Efrén reunió el valor suficiente para levantar la cabeza.

—Buenos días, señor.

Su maestro se le acercó más.

—¿Estás bien? —preguntó con voz suave.

Efrén no sabía qué había pasado de repente con el Sr. Garrett, pero una cosa era segura: lamentaba haberle dicho al Sr. Garrett sobre su amá. Sentía vergüenza. No quería que le tuvieran lástima. Ni el Sr. Garrett, ni nadie. Así que lo único que hizo fue un leve movimiento de la cabeza.

El Sr. Garrett se inclinó lo suficiente para mirarle a los ojos.

—Oye, quiero agradecerte.

Efrén se le quedó viendo, confundido.

—Por recordarme por qué estoy aquí. —El Sr. Garrett lo invitó a entrar con un gesto, sonriente—. Adelante. Tengo una lección importante para hoy.

Cuando Efrén tomó asiento, el Sr. Garrett recogió unas hojas de su escritorio y se las entregó a David, quien nunca desaprovechaba la oportunidad de dejar su asiento, aunque solo fuera para repartir papeles.

—Aquí están sus formularios de permiso —dijo el Sr. Garrett desde el centro del aula—. Me complace anunciar que nuestro departamento de historia recibió la aprobación para visitar el Museo de la Tolerancia en Los Ángeles. Por supuesto, vamos a necesitar algunos padres que quieran servir de chaperones. Pregúntenles a sus padres si pueden asistir.

Efrén leyó el formulario. El viaje tendría lugar en dos

semanas. Suficiente tiempo para que su amá lograra regresar.

—Tenemos mucho material que cubrir antes de la excursión. —El Sr. Garrett se subió las mangas de la camisa hasta el codo. Había un brillo en sus ojos que Efrén no había visto antes. Parecía… entusiasmado. Efrén echó un vistazo al salón, admirando la diferencia que hacían los nuevos tableros de anuncios. Estaba todo muy mejorado, incluso el escritorio del Sr. Garrett. Todo el rincón donde trabajaba estaba cubierto ahora con certificados y diplomas universitarios. Y por encima de ellos estaban, no uno, sino dos premios al Maestro del Año del Distrito.

Este era el Sr. Garrett que Efrén había esperado ver.

—Ahora, debo advertirles —agregó el Sr. Garrett— que durante nuestra próxima unidad, veremos algunas imágenes muy gráficas que nos presentan la peor crueldad. Sin embargo, me gustaría que nos concentráramos en la amabilidad, los actos desinteresados de valentía que tuvieron lugar durante aquellos tiempos difíciles.

El Sr. Garrett se paseaba de un lado a otro frente a los estudiantes.

—Leeremos y escucharemos audios de relatos reales

de personas que arriesgaron sus propias vidas para ayudar a completos extraños. La mejor versión de la humanidad.

Efrén pensó en todo lo que había compartido con el Sr. Garrett. "¿Podría el Sr. Garrett estar haciendo esto por mí?".

El Sr. Garrett hizo clic en su control remoto e inició una presentación en el proyector.

—Si nosotros como sociedad no podemos aprender de la historia, lamentablemente estamos condenados a repetirla. Ahora, dirijan su atención a la pantalla. Es un poema de un pastor luterano alemán, Martin Nie-möller. ¿Alguien quiere leerlo?

Sin perder un segundo, Jennifer Huerta levantó la mano. Y, por supuesto, todos los muchachos se rieron y pusieron los ojos en blanco. Pero a Jennifer no pareció molestarle.

Efrén pensó en lo valiente que era mientras giraba su lápiz entre los dedos, preguntándose por qué él no tenía el valor de hacer lo mismo.

Al no ver otras manos levantadas, el Sr. Garrett volteó hacia Jennifer.

—Sí, Srta. Huerta. Adelante.

Jennifer se subió las gafas e hizo una pausa para recuperar el aliento antes de leer en voz alta.

"Primero vinieron por los socialistas,
y yo no dije nada—
Porque yo no era socialista.
Luego vinieron por los sindicalistas,
y yo no dije nada—
Porque yo no era sindicalista.
Luego vinieron por los judíos,
y yo no dije nada—
Porque yo no era judío.
Luego vinieron por mí—
Y no quedaba nadie que hablara por mí".

—Bien hecho, Srta. Huerta. ¿Alguien puede decirme qué cree que significa?

De nuevo, la mano de Jennifer fue la primera en levantarse.

—¿Alguien más? —preguntó el Sr. Garrett sin mirar en su dirección—. ¿Alguien más quiere responder?

Efrén quería levantar la mano, realmente lo deseaba. Pero con su asistencia perfecta, altas calificaciones y resultados excelentes en lectura, ya estaba a punto de ser etiquetado como un nerd.

Con calma, el Sr. Garrett se paseaba de un lado a otro, buscando a alguien a quien llamar. Casi de inmediato, sus ojos se clavaron en David, que tenía su atención puesta en un cuaderno de bocetos.

—¿Y tú, David?

David hizo todo lo posible por esconder el cuaderno de bocetos, pero al Sr. Garrett no lo engañaba.

—¿Trabajando en tus dibujos otra vez? Espero que te concentres en mi lado bueno para variar.

Los muchachos cerca de David hicieron todo lo posible por contener la risa.

La mano de Efrén saltó en el aire, agitándose de un lado a otro como el hombre del tubo inflable en el concesionario de autos usados frente a la escuela. Pero su intento de ayudar a su mejor amigo no tuvo éxito.

El Sr. Garrett extendió la mano, dejando a David sin otra opción que entregar el cuaderno de bocetos.

El Sr. Garrett rebuscó entre las páginas.

—Ah, consignas de campaña. En eso estabas trabajando.

David no se sonrojaba fácilmente, pero ahora sí se puso todo rojo.

—Lo siento. Se me ocurrió una idea para un cartelón de campaña y no quería que se me olvidara.

El labio inferior del Sr. Garrett se curvó hacia arriba, formando poco a poco una sonrisa.

—Entiendo. Se llama estar enfocado. No es algo malo, pero si vas a ser presidente del CONSEJO ESTUDIANTIL, deberías de intentar aprender de la gente del pasado para ayudar a la gente de hoy.

Los ojos del Sr. Garrett recorrieron la habitación.

—¿Alguien tiene algo que decir sobre este poema?

Efrén levantó la mano, pero nada más un poquito. Por mucho que quisiera compartir sus pensamientos, podría agüitar a su mejor amigo. No, sería mejor dejar que Jennifer contestara.

—Sí, Srta. Huerta. También se ha postulado para presidente escolar, ¿verdad?

Ella asintió con una sonrisa, ignorando los siseos y quejas por toda el aula.

—Sí. David y yo somos los únicos dos candidatos. Así que uno de nosotros tiene que ganar.

—Emocionante. Tengo curiosidad por escuchar lo que piensa.

Jennifer se inclinó hacia adelante.

—Es un poema, así que supongo que puede significar

muchas cosas. Pero para mí, se trata de las cosas malas que le suceden a la gente y las consecuencias de no hacer nada al respecto. Es por eso que me he postulado para presidente escolar. Sé que solo soy una chava joven y que no puedo controlar lo que sucede en el mundo, pero puedo tener impacto en lo que sucede aquí en la escuela... si ustedes me dan una oportunidad.

Efrén vio de reojo como David se hundía en su asiento.

El Sr. Garret hizo clic en su control remoto, señalando una serie de palabras en la pantalla.

—Para citar a Gandhi: "No hacemos sino reflejar el mundo. Todas las tendencias presentes en el mundo exterior se encuentran en el mundo de nuestro cuerpo. Si pudiéramos cambiarnos a nosotros mismos, las tendencias en el mundo también cambiarían".

Buscó en el aula con la mirada.

—¿Alguien quiere interpretar esto?

Efrén no podía evitar alzar la mano.

—Sí, Sr. Nava.

—Me parece que significa que si usted o yo lideramos con el ejemplo, las personas que nos rodean harían lo mismo.

—Gracias, acertaste. Justo eso. Parafraseando a

Gandhi: "Sé el cambio que quieres ver".

Efrén miró de soslayo a David, que seguía despatarrado en su pupitre.

¿Era él *realmente* el cambio que necesitaba la escuela?

CAPÍTULO 9

Incluso después de que sonara la campana, David permaneció ahí desplomado, como si de alguna manera le hubieran sacado el aire del cuerpo. Todos los demás, excepto Efrén, se habían apresurado a salir, incluido el Sr. Garrett, quien se excusó para ir al baño.

Efrén se acercó y palmeó a David en el hombro.

—Oye, ¿estás bien?

David exhaló, dejando escapar un profundo suspiro.

—Sí. Creo. Nomás no esperaba que me pusieran en un aprieto así. —Se pasó los dedos por el pelo—. Jennifer realmente se lució. Sonaba como toda una profesional.

—Es bien inteligente. Súper trabajadora también.

David le entrecerró los ojos. Efrén respondió encogiéndose de hombros.

—¿Qué? Nomás digo lo que es.

La cabeza de David se dejó caer contra su escritorio.

—No sabía que las elecciones exigieran tanto trabajo. Tal vez el Sr. Garrett tenga razón. Quizá no esté hecho para estas ondas.

—El Sr. Garrett nunca dijo eso.

—No hace falta que lo diga. Es bastante obvio a quién apoya.

No valía la pena negar ese punto.

—A lo mejor. Pero eso es solo porque no te conoce como yo. Es por eso que necesitamos renovar tu imagen. Hay que mostrarle a toda la escuela lo presidencial que puedes ser.

El cuerpo de David se irguió de golpe. Su sonrisa volvió.

—¡Tienes razón! No puedo contar nomás con mi popularidad. Tengo que concentrarme en los asuntos importantes y mantener limpia la campaña… como la colita de un bebé.

Efrén arrugó la frente.

—No me consta que las colitas de los bebés estén tan limpias.

—Por supuesto que lo están. Si no, se rozan y se llenan de sarpullido. —Ahora reanimado, David se echó la mochila al hombro e hizo un gesto hacia la puerta—. 'amos. ¡Tenemos una elección que ganar! La Sra. Salas dice que necesitamos una breve presentación para los anuncios matutinos de la próxima semana. Pienso grabar algo chido. Puedes salir en el video, si quieres.

Efrén respiró hondo, preparándose para uno de los locos planes de David.

—Nuestro video debe ser chistoso, pero profundo —dijo David—. Sin columpiar a mi oponente.

—Querrás decir "calumniar". Como hacen los políticos en los anuncios de televisión —dijo Efrén, caminando hacia la puerta.

—Simón, nada de esas fregaderas.

"¿Nada de esas fregaderas?". Era música para los oídos de Efrén. ¿Estaría David tomando las cosas más en serio, por fin? ¿Se habría equivocado Efrén acerca de él? Tal vez no había nada de qué preocuparse en realidad.

—Cuando gane —agregó David, clavándose el pulgar en el pecho— quiero saber que fue porque ganó el mejor. Por eso, mi presentación va a ser un video musical. Y no cualquier video —dijo— ¡sino un video de rap!

Efrén se frotó la cara con la palma de la mano. Inmediatamente, su mente reprodujo parte de su conversación con Jennifer. Especialmente la parte en que ella lo abrazó. Si la elección hubiera sido ese día, Efrén habría votado por ella. Y eso no estaba bien.

"¡No! Nada de confabularse con el enemigo".

Tenía que ser leal a David a toda costa.

Tal vez David solo necesitaba un poco de ayuda, un poco de motivación para actuar más como... bueno, como Jennifer.

—Como tu director de campaña —dijo Efrén— es mi trabajo asesorarte, decirte cosas que tal vez no quieras escuchar. Cosas como que no estoy seguro de que ese video de rap sea una buena idea.

David se detuvo en el umbral del salón con una mirada vacía.

—Buen punto. Cualquiera puede hacer un video de rap. ¿Ves? Por eso te pago tanto. —Levantó una mano en el aire, preparándose para recibir los cinco—. Así que voy a hacer un rap freestyle, totalmente improvisado.

Efrén levantó el brazo y, con una sonrisa forzada, le dio una palmada en la mano a David. Puede que estuviera sonriendo por fuera, pero definitivamente estaba haciendo una mueca por dentro.

Salieron, y David cerró la puerta antes de estallar en una rima por el pasillo.

"Deténganse todos, querrán escuchar:
Este guapo será su presidente escolar.
Voy a ganar porque tengo un buen plan.
Para cambiar las cosas de como ahorita están.
Ustedes ya saben que soy un fregón,
así que voten por mí con todo el corazón".

Efrén luchó por encontrar las palabras adecuadas.

—No puedo imaginarme a nadie haciendo lo que acabas de hacer.

David esbozó una sonrisa astuta.

—Ya sé, neta.

Los nuevos ánimos de David duraron todo el día. Incluso lo hicieron pedalear más fuerte mientras llevaba a Efrén a casa en el manubrio de su bici. David se aseguró de torear los muchos baches en el camino, pero de vez en cuando se ponía de pie y se inclinaba hacia adelante para aumentar la velocidad. Esto hizo que la bici brincoteara más, pero a Efrén no le importó. Saber que llegaría a tiempo para recoger a los gemelos hizo que el dolor valiera la pena.

David saludaba a todos los que pasaban, incluso al anciano sin camisa al que le gustaba leer el periódico en el porche mientras se rascaba la panza peluda.

Efrén se aferró con fuerza al cojín del manubrio como si de ello dependiera su vida, mientras intentaba lucir todo quitado de la pena.

—¿Seguro de que a tu abuela no le molestará tener en su casa a los pequeños traviesos?

—¿Estás bromeando? Le encanta mimar a la gente. Especialmente gemelos diminutos con cachetitos adorables. La bronca será recuperártelos. Incluso con su artritis, es posible que tengamos que arrebatárselos de las manos.

Efrén sacudió la cabeza y se estremeció.

—No sé cuáles son peores: tus bromas o estos baches.

—Ja, ja —dijo David, pasando por un pozote a propósito.

Menos mal para el trasero de Efrén que la primaria Pío Pico estaba a la vuelta de la esquina. Cuando llegaron a la escuela, la banqueta estaba llena de mamás empujando elegantes carriolas de segunda mano, charlando, intercambiando el último chisme del barrio.

Efrén trató de mantener la cabeza baja. El barrio estaba lleno de chismosos y lo último que quería era que alguien hablara de él. O de su amá.

Por suerte, el tráfico peatonal no detuvo a David en lo más mínimo. De hecho, parecía alentarlo a acelerar.

—Agárrate, F-mon.

—¿Qué crees que estoy haciendo?

Después de casi chocar con una señora, el Periquito Blanco se puso de pie en su bicicleta y zigzagueó con éxito entre todos, llegando finalmente al patio de recreo.

—Ves, te dije que llegaríamos antes de la última campana.

Efrén saltó de la bicicleta, sacándose el calzón despistadamente.

—Estoy pensando en tomar el autobús a la otra.

David apoyó su bicicleta contra una de las mesas del almuerzo.

—No importa el transporte sino la gente que te acompaña.

—Pues, hay un montón de viejos lindos que viajan en el autobús. —Efrén se sentó al lado de David—. Es raro volver aquí, ¿no?

—Todavía tengo pesadillas sobre este lugar.

Efrén se rio y luego señaló un trozo de tierra que

separaba el área de juegos y del almuerzo.

—¿Te acuerdas del juego de canicas? ¿Cuando jugamos contra Rigoberto y Rodrigo, y fingimos que no sabíamos jugar?

—Oye, ellos fueron los que insistieron en jugar para ganar. Querían estafarnos.

—No puedo creer que hayamos ganado tantas canicas. ¿Te acuerdas cuando sonó la campana y se te cayeron los shorts cuando comenzaste a correr?

—Simón, el peso de las canicas hizo que mis shorts se me bajaran hasta los tobillos. Tropecé y todas las canicas salieron volando de mis bolsillos. —David resopló y se rio—. N'hombre, carnal, causamos un despapaye total. Todos los morrillos que andaban en el recreo se acercaron corriendo. Se lanzaron sobre esas canicas como un montón de zopilotes.

Efrén se echó hacia atrás, riendo.

—Hubo tantos gritos que los maestros salieron de sus salones, tratando de averiguar qué pasaba.

—Qué agüite, en serio. —David negó con la cabeza, suspirando profundo—. Ese mismo día empecé a usar calzones bóxer. Ya sabes, por si acaso.

—¿Qué más da si todos se rieron de ti? Eras un escuincle mocoso.

—Tú no te reíste de mí. De hecho, nunca lo haces.

Con los ojos llorosos, David alcanzó la mano. Efrén no podía creer que alguna vez hubiera considerado votar por Jennifer. Extendió su mano y los dos chocaron puños en perfecta sincronía. Efrén se relajó al final y dejó que David le ganara en la guerra del pulgar. Por mucho que Efrén respetara a Jennifer, de ninguna manera iba a traicionar a David. ¡DE NINGUNA MANERA! Ahora, si tan solo pudiera contarle lo que estaba pasando con su amá.

El viaje a la casa de David transcurrió sin contratiempos, especialmente ahora que Max y Mía habían vuelto a hablar con Efrén. No veían la hora de conocer a la abuela de David, especialmente después de enterarse de que ella siempre tenía el congelador lleno de nieve. Lo cual era cierto. Lo que no era cierto era el motivo de la visita. Efrén le había dicho a David que su amá había cambiado su horario de trabajo.

La casa de David era pequeña y sencilla, pero tenía un gran jardín. En realidad, tenía un jardín enorme. Tenía que serlo, considerando el tamaño del imponente roble que se elevaba en su centro. Este gigante con forma de brócoli era el árbol más asombroso que

Efrén había visto en persona.

Efrén y David a menudo hablaban de construir una casita justo en el medio del roble. David quería tener Wi-Fi y un microondas para poder ver películas y comer palomitas. También insistió en que no tuviera escalera, solo una cuerda para escalar diseñada para mantener alejados a todos los débiles, especialmente a las chavas.

David incluso elaboró planos y los colocó sobre su cama, esperando la ayuda de su padre para hacerlo realidad. Pero eso fue solo una promesa vacía, como la que había hecho cuando le dijo a David que visitaría seguido.

Mientras tanto, el árbol era bastante divertido tal como era. También lo era la hierba alta que les permitía esconderse durante sus famosas batallas de nueces con los otros muchachos de la cuadra. Esos juegos podrían haber sido dolorosos, pero igualmente eran divertidos.

—Max. Mía. Más les vale comportarse lo mejor posible. La abuela de David los estará cuidando, pero tiene mal la cadera y no puede perseguirlos. ¿Okey?

Max y Mía engancharon meñiques y prometieron ser buenos.

David metió la mano en su bolsillo y sacó un pequeño

llavero de fútbol con el logo desgastado del equipo LA Galaxy. En el momento en que abrió la puerta, su gata, Oreo, salió disparada.

Los ojos de Max se abrieron de par en par.

—¡Un gatito! —dijo, corriendo hacia adelante con ambos brazos extendidos. Para fortuna de Oreo, Efrén logró jalarlo hacia atrás por la camiseta.

—No hagas eso, Max. La vas a asustar. —Efrén se agachó al nivel de Max—. No quieres asustar a la gatita, ¿verdad?

Max negó con la cabeza.

—¡No te preocupes, los gatitos me aman!

David recogió a la gatita chillona y la acurrucó en el pliegue de su brazo.

—Le gusta cuando le rascas la espalda.

Efrén dio un paso atrás.

—Yo no. Soy alérgico, ¿te acuerdas?

Max y Mía comenzaron a pasarle los dedos por la espalda, haciendo que Oreo ronroneara.

En ese momento, la abuela de David entró en la sala de estar. Su bastón no parecía refrenarla mucho.

—Estos dos peques preciosos deben ser Max y Mía.

—Hola, Sra. Deegen —dijo Efrén—. Muchas gracias

por aceptar cuidarlos mientras David y yo trabajamos en la campaña.

Ella sonrió.

—Hola, Efrén.

Pero era obvio que su atención ya estaba en los gemelos. Primero se acercó a Max y le apretó los cachetes regordetes como hacía la mayoría de la gente que lo conocía por primera vez.

A Max no le molestó. Sus cachetes ya se habían acostumbrados a ser pellizcados. Los de Mía, no tanto. Ella se cubrió la cara con las manos de inmediato, lo que hizo reír a la Sra. Deegen.

—Ustedes dos —volteó hacia David— vayan a trabajar en ese proyecto. Cuidaré a estos adorables niños.

David le dio un beso en la mejilla y luego puso a Oreo en el piso.

—¡Gracias, abuela!

Con eso, los muchachos se dirigieron a la habitación de David.

Las paredes del pasillo estaban casi completamente cubiertas con fotos enmarcadas, la mayoría de David cuando era pequeño, antes de que sus padres se separaran, antes de que su madre comenzara a beber mucho y la abuela de David tuviera que acogerlo.

Efrén señaló una foto de David bañándose en el zinc de la cocina.

—Carnal, eras más gordito que Max. Mira esos brazotes.

David se rio.

—Ya sé, neta. Le digo a la abuela que debe tratarse de otro morrito adorable. —Giró el picaporte de su recámara, esbozando una gran sonrisa—. Espera a que veas mi nuevo juguete.

"¿Nuevo juguete?". Conociendo a David, un nuevo juguete podría ser cualquier cosa. Una resortera nueva, una patineta nueva, tal vez incluso joyería nueva.

—Deja adivino, tienes un nuevo... —Efrén se quedó boquiabierto cuando entró en la recámara. Sobre el escritorio de David había un iPhone nuevo.

Efrén se apresuró a recogerlo, toda su cara brillando.

—Oh Dios mío. ¿Cuándo conseguiste esto?

—Ayer. Mi mamá me lo envió. Dijo que así podríamos hablarnos por FaceTime cuando queramos. Tal vez mi papá también se compre uno. —Los ojos de David lagrimearon un poco—. Pero pensaba que podríamos usarlo para filmar el video de la campaña. También tengo algo perfecto para ponerme.

Corrió hacia su armario y sacó una camisa de vestir blanca y una corbata.

—La abuela me compró esto —dijo, e hizo una pausa, avergonzado— para la escuela dominical. Dice que así evito que me posea un demonio como pasó con mi mamá.

—¿Y ella cómo está? —preguntó Efrén.

—Mejor —dijo David, poniéndose la camisa de vestir y abrochándose la corbata de clip—. Acaba de conseguir un nuevo trabajo y está tomando clases en un colegio comunitario. Creo que esta vez sí estará bien.

No era la primera vez que Efrén escuchaba a David hablar así. Le gustaba ver a David feliz y lleno de esperanza, pero odiaba verlo hecho polvo cada vez que su madre recaía y empezaba a beber de nuevo. Sin embargo, sonrió y asintió.

—Claro que estará bien.

David respiró hondo antes de agarrar su teléfono, ingresar su contraseña y pasárselo a Efrén.

—¿Dónde grabamos?

Efrén miró alrededor de la habitación, solo que ahora se dio cuenta de lo ordenado que estaba todo.

—¡Hasta limpiaste tu habitación! La última vez que

estuve aquí, me senté por accidente sobre un montón de calcetines y calzones sucios.

—No es cierto —dijo David con una sonrisa pícara—. Los calcetines no estaban sucios.

—Qué asco —dijo Efrén. Levantó el teléfono y señaló el escritorio—. Creo que este escritorio te hace lucir presidencial. ¿Qué opinas?

—Indudablemente —dijo David—. Mira, la ropa hasta me hace sonar más inteligente.

Efrén enfocó la cámara directamente en su amigo.

—All right, Mr. Smarty-pants, I mean Smarty-shirt, ¿por qué no nos habla usted sobre su plataforma presidencial?

—¿Mi qué?

—Que nos cuentes todas las cosas increíbles que planeas hacer como presidente.

David miró hacia el techo, pensando.

—No lo sé... ¿Qué tal si eliminamos la tarea?

—¡Ejem! —Efrén bajó la cámara—. Sabes que realmente no tendrás el poder de hacer eso, ¿verdad?

—Ah, pos, quién sabe —dijo David, sentándose en el borde de la silla—. ¿Qué hace un presidente?

Efrén sacudió la cabeza, incrédulo.

—Si hubieras puesto menos atención a las conchas que compró la Sra. Salas y más a la reunión de candidatos...

David fulminó a Efrén con la mirada, pero luego desvió la vista al suelo.

—No hay bronca. Organizo la fiesta escolar más grande de la historia y listo: todos contentos. Además, si gano, tendré a Jennifer como vicepresidenta. Sabes que estará llena de sugerencias. Puedo nomás seguir sus consejos.

Efrén suspiró.

—¿Entonces, por qué votamos por ti?

De inmediato se arrepintió de sus palabras. Pero era demasiado tarde. La recámara se sintió repentinamente más caliente.

—No crees que puedo hacer esto, ¿verdad?

—No, no es lo que quise decir.

Las fosas nasales de David se ensancharon.

—Todo este barrio piensa que solo soy un gringo menso del que se pueden reír. —La voz de David comenzó a quebrarse—. Ser presidente es mi oportunidad de demostrar que están equivocados.

Efrén se apresuró a pensar en cómo responder.

—Supongo que me toman a broma, ¿no? —David

continuó—. O más bien —dijo, corrigiéndose— yo soy la broma. El Sr. Garrett dejó eso bien claro en clase.

—No eres una broma, David.

—Oh, please —se burló David—. El Periquito Blanco... así me dicen los morros. Ni siquiera se esperan a hacerlo a mis espaldas. Creen que no hablo español o soy demasiado estúpido para entender que se burlan de mi piel blanca y esta narizota mía.

—Es sólo una broma. Solo están jugando contigo. No hay bronca.

David negó con la cabeza, como si no hubiera nada más que decir.

Efrén quería arreglar esto. Quería contarle sobre Jennifer. Sobre el hecho de que los padres de ella eran indocumentados. Sobre el deseo de Jennifer de marcar una diferencia real en la escuela. Pero todo eso era un secreto. No podía repetirlo.

Volvió a preguntarse por qué no le había dicho a David que su amá había sido deportada. Se conocían desde hacía tantos años. Habían compartido tantas cosas, como innumerables refrescos Jarritos.

Hablarle a David de su amá haría una gran diferencia. Tendría que entender.

"A mi amá la deportaron." Cinco sencillas palabras.

Eso sería todo. Y, sin embargo, las palabras contenían tanto dolor que parecían hincharse y atascarse en su garganta.

Efrén respiró hondo. Finalmente, habló, solo que le salió algo totalmente diferente. —Mejor me voy. Maxie y Mía han de estar volviendo loca a tu abuela.

Dejó caer el teléfono de David sobre la cama.

—Órale —respondió David—. No te preocupes por el video. Puedo hacerlo solo.

—Sé que puedes. —Efrén dejó la puerta abierta por si David le pedía que volviera.

Pero nunca lo hizo.

Esa noche, después de llevar a los cuates a la cama, Efrén volvió a la bañera, esta vez cargando con una almohada y una colcha.

Abrió el ejemplar de *La casa en Mango Street*, pasó a la página donde había parado la última vez e intentó leer. Pero su mente volvió a lo de David. Nunca había sido su intención herir los sentimientos de su amigo.

No es que Efrén no le pudiera confiar el secreto de su familia. En realidad, era exactamente lo contrario. Efrén sabía que, al enterarse, David volvería a su casa y se lo contaría a su abuela. Sabía que traerían comidas caseras y probablemente le ofrecerían algo de dinero. ¡Ese era el problema!

David sabía casi todo sobre Efrén. Sabía que su familia vivía en un pequeño estudio. Sabía que dormían en colchones en el suelo. Conocía la ropa y los juguetes de segunda mano de Efrén. Y, sin embargo, David nunca le había tenido lástima, nunca lo había menospreciado. Efrén quería que su amistad siguiera así.

Efrén se quedó mirando el goteo que salía de la llave y pensó en la vieja historia que había oído sobre un niño holandés que había salvado un pueblo tapando un agujero en la presa con el pulgar. Finalmente, se quitó un calcetín con el otro pie y metió el dedo gordo dentro de la llave.

A lo mejor no era un héroe como ese niño, pero al menos podría tratar de arreglar las cosas entre él y David. Tenía que hacerlo.

Primero su amá, ahora esto. Efrén cerró su libro y se persignó.

—Diosito, soy yo. Sé que has estado ocupado cuidando de mi amá y ayudándonos a recuperarla. Pero si puedes, ¿podrías ayudarme a arreglar las cosas con

David también? Es mi mejor amigo. Y como que ahorita lo necesito. Gracias.

Efrén se recostó contra su almohada. Sus párpados se volvieron insoportablemente pesados, e incluso con la luz intensa del foco sobre su cabeza, no pudo resistirse al sueño.

CAPÍTULO 10

Efrén sintió un suave empujón en su hombro.

—Mijo. Mijo —dijo su apá—. Lo siento, pero necesito darme un regaderazo rápido. Señaló el círculo oscuro en su sobaco. —No puedo ir a trabajar todo apestoso.

Efrén estiró los brazos recordando que aún estaba en la bañera.

—Oh, hola, apá. Lo siento, me quedé dormido leyendo.

Apá se rio.

—Eso supuse. —Se agachó y envolvió sus brazos alrededor de Efrén—. A ver, déjame echarte una mano. —Sacó a Efrén con poco esfuerzo.

La fuerza de su apá sorprendió a Efrén.

—No puedo creer que todavía puedas hacer eso.

—A decir verdad, a mí también me sorprende —dijo su apá, riéndose nuevamente—. Algún día, serás demasiado grande como para que te cargue. But today is not that day. Así que vamos, tienes que ir a la cama. Es demasiado temprano para que te levantes.

—Está bien, apá. —Efrén se puso el libro bajo el brazo, abrazó con cuidado la manta y la almohada y se dirigió a la sala. Max estaba tendido sobre el colchón, roncando levemente, mientras Mía se aferraba a su muñeco de peluche desnudo.

Azules rayos de luna se asomaban a través de las persianas rotas. Efrén miró hacia el colchón vacío y sacudió la cabeza. Las sábanas seguían tendidas como la noche anterior. Efrén no entendía de dónde sacaba su apá la energía. Incluso después de todo el tiempo extra que trabajaba intentando recaudar dinero para traer de vuelta a su amá, todavía hallaba tiempo para preocuparse por ellos.

Esto era todo lo que Efrén necesitaba ver. "Si apá puede ser tan fuerte, ¿por qué yo no?". Quería resolver sus *propios* problemas, también. Fue entonces cuando decidió contarle todo a David. Todavía no sabía exactamente lo que iba a decir. O por dónde empezar.

Pero sabía que las palabras vendrían cuando llegara el momento adecuado.

Tenían que venir. Su amistad estaba en juego.

Efrén quería llegar a la escuela con tiempo suficiente para encontrar a David, así que dejó a Max y Mía un poco antes de lo normal. Los tres llegaron tan temprano que fueron los primeros en la fila del desayuno escolar. Max tenía la ilusión puesta en un poco de pan dulce y leche con chocolate, Mía en pancakes chiquitos, los que traen trocitos de jarabe adentro, que la escuela servía a veces. Lamentablemente, ambos tuvieron que conformarse con Cheerios genéricos y plátanos ligeramente magullados.

Cuando los cuates hubieron desayunado y el supervisor del patio de recreo los tomó bajo su cargo, Efrén se apresuró a llegar a su escuela.

La entrada principal de la escuela estaba totalmente vacía a esa temprana hora. La mayoría de los muchachos se juntaban en la cafetería para desayunar y platicar. Algo que nunca había hecho antes. No con los desayunos milagrosos de su amá que se realizaban todas las mañanas. Corrección. Con los milagros que *había hecho antes* su amá.

Efrén se acercó a las mesas, preguntándose si su escuela estaría sirviendo el mismo desayuno de cereales que la primaria. Echó un vistazo rápido a lo que los muchachos tenían en sus platos. No. Su escuela estaba sirviendo los pancakes chiquitos que a Mía se le habían antojado.

Estaba a punto de ponerse en fila cuando un golpecito en el hombro lo sobresaltó. Era Abraham, la mismísima máquina de chismes de la escuela. Sin importar si el chisme era cierto o no, él siempre estaba repitiéndolo.

—Oye, carnal: ¡Ganó David!

—¿De qué estás hablando? Todavía no hemos votado.

Abraham se rio.

—Y nadie tiene que hacerlo. Porque Jennifer se dio de baja. Abandonó la campaña. Lo que significa que gana David.

Esta vez, levantó la mano para chocar los cinco.

Efrén se quedó boquiabierto. Su mente no podía aceptar la noticia, incluso mientras chocaba la palma de Abraham.

—Espera, no hay forma de que Jennifer renuncie así nomás.

Abraham negó con la cabeza.

—No solo abandonó la campaña. Abandonó la escuela.

—¿Qué? ¿Por qué?

—¿A quién le importa? —dijo Abraham, encogiéndose de hombros—. David va a ser nuestro presidente. Dijo que lo primero que haría era asegurarse de que la escuela comience a servir Takis para el desayuno, ¡con sabor a nitro! Carnal, qué fregón, ¿no?

El estómago de Efrén se apretó. Y la idea de desayunar Takis no tenía nada que ver. Necesitaba llegar al fondo de esto ahora.

Subió corriendo la escalera que conducía a la biblioteca, saltando varios escalones a la vez. Sin aliento, entró por las puertas dobles, con la esperanza de encontrar a la única persona que podía darle las respuestas que necesitaba: la amiga de Jennifer, Han Pham.

Han estaba sentada al fondo de la biblioteca, junto a la sección de referencias. El libro frente a ella estaba cerrado y se tapaba el rostro con las manos.

—Hola, Han. ¿Estás bien?

Bajó las manos y lo miró directamente. Algo andaba mal. Sus ojos estaban vidriosos y enrojecidos. Obviamente había estado llorando.

—¿Qué pasa? —preguntó Efrén.

No respondió. Solo bajó la vista a su libro cerrado.

—Mira —dijo Efrén—. Hemos estado en lados

opuestos de esta elección, pero Jennifer también es mi amiga. Sé que realmente quería ganar. ¿Por qué renunciaría así nada más? ¿Y por qué la gente dice que abandonó la escuela?

El labio superior de Han se curvó. Algo que dijo le había molestado.

—Para tu información, ella no renunció. ICE hizo una redada. —Su rostro se contrajo mientras hacía todo lo posible por no llorar.

El estómago de Efrén le dio un vuelco.

—Oh, Dios mío. ¿Fue... —apenas podía pronunciar la palabra— deportada?

Han sacudió la cabeza mientras sollozaba. Sin embargo, de alguna manera, encontró la fuerza para seguir hablando.

—Hubo una redada en el mercado Northgate en la esquina de las calles First y Harbor. Mi vecino Diego Flores vio todo. Dijo que unos hombres con chalecos negros y rifles de asalto irrumpieron y acorralaron a los adultos, incluida la madre de Jennifer. Dijo Diego que la Sra. Huerta le gritó a Jennifer que corriera a casa. Pero Jennifer no se apartaba de su lado. Incluso se arrodilló y trató de suplicarles a los hombres.

—Oh, Dios mío. ¿Jennifer está bien? ¿Dónde está?

Pensé que había nacido en los Estados Unidos.

—Se tuvo que ir a México, con su mamá... o los de servicios sociales se la iban a llevar. —Han hundió la cara en el pliegue de su codo—. Ni siquiera pude despedirme de ella.

El estómago de Efrén se retorció y revolvió en todas direcciones.

—Pobre Jennifer —dijo. No podía creer lo que estaba pasando. Sabía que cosas así sucedían todos los días, pero no a las personas que conocía, a las personas por las que se preocupaba.

Efrén se aclaró la garganta.

—¿Hay algo que podamos hacer por ella?

—He estado pensando en eso. —Han se limpió la nariz con un clínex—. Ella quería usar la presidencia escolar para llamar más la atención sobre este tema. Quería iniciar una campaña para generar conciencia, tal vez formar un grupo de apoyo para ayudar a las familias. Pero ahora no puede hacer nada. Una parte de mí piensa que debería postularme en su lugar, seguir luchando en su lugar.

—¿A poco puedes hacer eso?

—Seguro. Cualquiera que haya asistido a la reunión puede postularme. Pero, ¿puedes imaginarme tratando de hablar frente a toda la escuela? No lo creo.

Han soltó otro sollozo suave y se secó las lágrimas.

—Había una frase en español que ella solía decir mucho.

—¿Somos semillitas? —dijo Efrén, antes de que ella pudiera pronunciar las palabras.

—Sí, eso es. ¿Cómo lo supiste?

El rostro de Efrén se quedó en blanco.

—Me lo dijo. —Tragó saliva—. Es un dicho mexicano. "Nos quisieron enterrar, pero no sabían que éramos semillas". Jennifer me contó que su mamá se lo decía constantemente.

Las palabras eran tan claras como el día. Tan claras que se quedaron en la mente de Efrén el resto de la mañana.

Cuando comenzó su clase del primer período, Efrén se sentó en su pupitre, pero casi nada más se quedó viento el pizarrón blanco. Se desconectó de los niños que lo rodeaban, de lo que decía el Sr. Garrett.

Confiaba en su apá. Sabía que nunca renunciaría a recuperar a su amá. "¿Pero si no puede? ¿Si este problema es demasiado grande incluso para que él lo arregle?". El pensamiento mandó un escalofrío por la espalda de Efrén.

Cuando terminó la clase, con calma se dirigió a su siguiente salón de clases y esperó afuera. Cada período transcurrió más o menos de la misma manera. Excepto en matemáticas, cuando Efrén abrió una nueva pestaña del navegador en su Chromebook e hizo una búsqueda: CENTRO DE DETENCIÓN PARA NIÑOS. Lo que encontró lo sacudió. Pasó página tras página de fotos que mostraban a niños pequeños detrás de cercas de malla metálica, durmiendo en pisos de cemento, bancos de aluminio y, en algunos casos, en los brazos unos de otros.

Volvió a pensar en lo que Jennifer había dicho e hizo una búsqueda de GRANJAS DE GALLINAS. Algunas de las imágenes eran similares. Muchas, sin embargo, mostraban a las aves corriendo libremente en espacios abiertos.

Efrén cerró de golpe el Chromebook. Podía sentir su pecho agitado y sabía que era solo cuestión de segundos antes de que comenzara a llorar.

Agarró un pase para ir al baño y lo levantó para que la Sra. Covey lo viera. Ella asintió y le dio pulgares arriba. Efrén corrió al baño de niños y se encerró en el último cubículo. Se sentó en el inodoro y presionó su puño con fuerza contra su frente.

No era justo. Si los roles se invirtieran y él hubiera sido el deportado, Jennifer estaría tomando partido y luchando por él. Efrén no podía quedarse sin hacer nada.

Jennifer se merecía estar en sus clases. También merecía ser presidenta escolar. No David.

Entre más intentaba olvidarse de la idea, más parecía echar raíces en su cerebro.

El resto del día, Efrén logró evitar a David, incluso comió solo junto a la escalera. Y cuando sonó la campana final, se apresuró e hizo una parada rápida en la habitación de la Sra. Salas antes de ir a buscar a Max y Mía.

Cuando llegó a casa, Efrén recogió toda la ropa sucia. Preocupado por gastar lo último de su dinero, buscó en todos los cajones de la cocina y reunió todas las monedas sueltas que pudo encontrar. Luego cargó un carrito vagón Radio Flyer oxidado con una bolsa de basura llena de ropa, una caja de jabón de lavar y, por supuesto, Max y Mía.

Una vez en la lavandería, Efrén separó la ropa de la familia en dos carretones. Uno para colores, otro para blancos, mientras Max y Mía veían un capítulo de *Dora la exploradora* en la zona infantil.

Fue entonces cuando David llegó a la entrada. Apoyó su bicicleta contra la puerta de cristal.

—¡Oye, F-mon! Te he estado buscando por todas partes. Oye, no te preocupes por lo que pasó ayer. Se acabó. Lo logré. ¡Gané! —Levantó el puño, esperando.

Efrén le chocó puños desganadamente.

—Carnal, no estás enojado todavía, ¿verdad? —preguntó David.

—N'hombre, solo tengo mucho en mi plato.

David inspeccionó los dos montones de ropa.

—Ya lo veo. —Sin pausa, se estiró y recogió un calzoncito de Superman—. ¿Es tuyo? —preguntó, sosteniendo la ropa interior para que todos en la lavandería la vieran.

—No. Es de Maxie. Y para que lo sepas… todavía está un poco mojado.

—Qué asco. —David arrojó la ropa interior de vuelta al montón y se limpió la mano en el costado de su camiseta de los Lakers.

—Oh, casi se me olvida. —David sacó su iPhone—.

Mira esto. Han me envió un mensaje. Es para ti. De Jennifer.

Efrén tomó el teléfono y desplazó la corta cadena de mensajes hacia abajo. Había una foto de un dibujo hecho en papel rayado, una pequeña planta brotando de un montón de tierra. Debajo estaban escritas las palabras ERES UNA SEMILLA.

Efrén cerró los ojos.

—Carnal, ¿qué te pasa? ¿Significa algo malo?

—No —dijo Efrén, abriendo los ojos y devolviéndole el celular—. Es nomás algo que ella me dijo una vez. —Solo que era más que eso. Efrén se pasó los dedos por el cabello y dejó escapar un gran suspiro—. Hay algo que realmente debo decirte.

—Órale, pues. —David tomó asiento en una lavadora—. ¿Qué pasa?

—Sé que este puesto no va a cambiar el mundo. Pero tengo que hacer algo. —Efrén jugueteó con uno de los calcetines de Maxie—. Mis padres renunciaron a todo por mí. Necesito hacer algo por ellos. Jennifer me enseñó eso.

David arrugó la frente.

—¿De qué estás hablando?

Efrén tomó una gran bocanada de aire.

—Pasé por la oficina de la Sra. Salas. Le dije que también me postulo para presidente escolar. Ella lo aprobó.

—Querrás decir vicepresidente, ¿no?

Efrén apartó la mirada.

—¿Me estás vacilando, verdad? —Efrén bajó la vista hacia el piso rayado, tratando desesperadamente de no hacer contacto visual con David. Pero el dolor no estaba solo en el rostro de David. Estaba en su voz también—. ¿Por qué harías eso?

—No es para mí. David, sabes que eres mi mejor amigo y nunca haría algo para lastimarte. Pero necesito hacer esto. Por favor, trata de entender.

—¿Entender qué? Me estás clavando el puñal por la espalda.

—No, no es así.

—Sí lo es. Es exactamente así. Digo, mírate. Tienes absolutamente todo. Eres genial en la escuela. Bueno en deportes. Tu madre y tu padre… te adoran. He visto la forma en que te miran. Mi papá ni siquiera me visita. Sólo me envía dinero. —La voz de David tembló—. Ser presidente es mi oportunidad de demostrar que todos están equivocados. Pero no hay bronca. Digo, tú tienes que tenerlo todo, ¿no?

"¿Y mi amá? ¿A poco la tengo?". Los pensamientos

de Efrén respondieron a gritos.

—No es algo que puedas entender.

—Oh, ¿así que ahora soy demasiado idiota para entender? ¿Sabes qué? —David se agachó y se arrimó a la cara de Efrén—. No te necesito a mi lado para ganar las elecciones. De hecho, tampoco te necesito como amigo.

Efrén no supo qué responder y se quedó inmóvil, con los ojos parpadeando.

Sin otra palabra, David salió furioso de la lavandería, volvió a subirse a su bicicleta y se alejó pedaleando. Demasiado tarde, Efrén corrió tras su amigo.

—¡David! ¡Espera! —gritó desde la banqueta. Pero David no miró hacia atrás.

A su amá nunca le había gustado mucho ver la televisión, ni siquiera las telenovelas de que tanto hablaban las demás madres de la cuadra. Así que Efrén se sintió mal por dejar a los cuates frente al televisor y dejar que Elmo los cuidara. Pero no tenía la fuerza para lidiar con la alta energía de Max o la manía de Mía de estarlo abrazando. "Además", se dijo Efrén, "los programas de PBS son educativos".

Se sentó en el comedor con la frente apoyada en la mesa, dejando que la superficie fría calmara su cabeza dolorida. ¡Qué desastre! Su amá ya no estaba. Su apá se mataba para reunir el dinero para recuperarla. Jennifer tampoco estaba. Y ahora, la amistad entre Efrén y David había terminado.

De la nada, Efrén escuchó un lejano chiflido. Levantó la vista. Al principio, pensó que venía de la tele, pero la pantalla solo mostraba al Sr. Noodle, fingiendo tocar una mazorca de maíz como si fuera una trompeta.

Luego escuchó el chiflido de nuevo, solo que mucho más claro ahora. Las cabezas de Max y Mía se levantaron al mismo tiempo y se miraron.

—¡Apá! —gritaron ambos. Era imposible no reconocer la melodía que anunciaba una llegada especial de su padre.

Antes de que Efrén pudiera reaccionar, los cuates ya habían salido por la puerta y bajaban corriendo las escaleras.

"¿Por qué chifla apá? Solo hace esto cada vez que tiene... ¡BUENAS NOTICIAS!".

Efrén también salió corriendo y bajó las escaleras solo para encontrar a Max y Mía agarrados a cada una de las piernas de su apá como pequeños koalas en una rama de eucalipto.

Apá miró a Efrén, sonriendo. De alguna manera, su padre se había recargado de energía.

Efrén no podía esperar a escuchar la noticia.

—¿Qué pasó?

Su apá se rio mientras se esforzaba por subir la escalera.

—Me uní a una cundina en el trabajo. —Levantó un trozo de papel con el número uno.

—¿Una qué?

—Es un fondo comunal donde todos meten dinero y luego se turnan para pedir prestado el dinero cada semana, pero... ¡No importa! ¡CONSEGUÍ EL DINERO!

Efrén corrió hacia su apá y le dio un fuerte abrazo.

Ahora, sin necesidad de horas extras, su apá los llevó a todos al parque y los cuatro pasaron la siguiente hora jugando a las traes. Mientras Efrén tomaba un descanso para tomar agua, miró hacia atrás y vio a su apá perseguir a Mía por el resbaladero en espiral.

El momento era casi perfecto. Pronto, su amá volvería a casa, donde pertenecía, y entonces la familia volvería a estar completa.

A pesar de sentirse mal por David, la idea de tener de vuelta a su amá hizo que Efrén caminara con más alegría y ánimo en su paso esa mañana de viernes. Una vez que regresara ella, finalmente encontraría el valor para contarle a David la verdad y arreglar las cosas con él. Hasta entonces, necesitaba concentrarse en ayudar a su apá con todo lo que pudiera a la vez que se preparaba para las elecciones.

Con el fin de asegurarse de ya no llegar tarde a la escuela, rompió una de las reglas de su amá y llevó a los cuates a la escuela en su bici. Max iba sentado de lado sobre el travesaño principal y Mía en el cojín de espuma del manubrio. Le tomó un poco de tiempo acostumbrarse al peso adicional, y al movimiento de Max, pero finalmente logró pedalear. E ir a la escuela en bici también le dio mucho tiempo para visitar el centro del consejo estudiantil y comenzar con algunos cartelones de campaña.

Mientras echaba cadena y candado a su bicicleta, su mente se desplazó por una larga lista de posibles lemas de campaña:

Efrén Nava, alguien en quien confiar. No, no después

de lo que le había hecho a David.

Vote for Efrén Again and Again! No, en absoluto.

Efrén Nava: ¡Haz que la escuela vuelva a ser grandiosa! ¡Definitivamente no!

Efrén Nava para presidente escolar. Sencillo. Le gustó cómo sonaba.

Subió la escalera principal hasta el centro del consejo estudiantil. La Sra. Salas siempre mantenía la puerta abierta de par en par. No era inusual que los estudiantes, algunos que ella ni siquiera conocía, pasaran al azar y metieran la mano en la jarra de galletas que guardaba junto a la puerta.

—Buenos días, Sra. Salas.

—Ah, qué tal, Efrén. ¿Estás aquí para trabajar en los cartelones de tu campaña?

—Sí, señora. Y gracias de nuevo por permitirme postularme, especialmente con un aviso tan tardío.

—Bueno, asististe a la reunión y cumples con todos los requisitos académicos.

—Estoy atrasado, pero tengo algunas ideas para lemas. Con suerte, funcionarán lo suficientemente bien como para que me elijan. —Efrén miró la jarra de galletas—. ¿Le importa si agarro una galleta?

—Para nada. Por eso las hago —dijo, ajustándose los

lentes—. Tal vez quieras llevarle una a tu amigo.

—¿Amigo?

La Sra. Salas asintió.

—Sí, David. Está en el taller, diseñando cartelones. Creo que es genial que los dos puedan competir entre sí y seguir siendo amigos.

—Sí que lo es.

Efrén metió una galleta en su bolsillo y se dirigió al taller. Efectivamente, David estaba sentado solo en un taburete, con la frente arrugada y la lengua colgando hacia un lado.

—Eh, qué onda —dijo Efrén, dejando la galleta al lado de David.

David levantó la mirada.

—Hey.

Efrén tomó una hoja de papel para cartelones color verde brillante y se sentó en una mesa que contenía todo tipo de herramienta de arte imaginable. Extendió la mano hacia un marcador grueso mientras estudiaba las posibles fuentes de letra en los cartelones de la pared.

Había tantos estilos que podía copiar; desafortunadamente, los más chidos eran demasiado complicados para que siquiera los probara. Agarró un lápiz y decidió probar su mejor letra cursiva. Pero las letras le salían desiguales y curvadas en diferentes direcciones.

Sus ojos vagaron hacia los cartelones de David. Su arte era increíble. Cada una de sus letras tenía un efecto de sombra que las hacía resaltar como si fueran tridimensionales. Debió haberle llevado una eternidad hacerlas.

Efrén no recordaba haber visto a su amigo (¿antiguo amigo?) tan concentrado en algo antes. Ser presidente realmente significaba mucho para David. Tal vez Efrén estaba equivocado. Tal vez rivalizar con él era un error.

Mirando su propio trabajo, Efrén se dio cuenta de lo difícil que sería esta campaña sin la ayuda de David. Suspiró. Si iba a ganar, sería por el mensaje, no por el arte.

Después de algunos intentos fallidos de dibujar su nombre, consideró escribir el mensaje a máquina, luego imprimir y pegar las letras en el cartel. Pero luego, de la nada, un paquete de plantillas cayó delante de él. Levantó la vista y vio que David volvía a su asiento como si nada hubiera pasado.

Efrén miró las plantillas. Eran el alfabeto y los números. Todo lo que tenía que hacer ahora era usarlas para trazar y ¡tarán! Letras perfectas.

—Gracias —dijo Efrén.

Pero el agradecimiento de Efrén quedó sin respuesta.

Efrén y David continuaron trabajando codo con codo, sin pronunciar palabra, hasta que sonó la campana.

La Sra. Salas seguía sentada en su escritorio, cuando Efrén y David se detuvieron por una galleta más antes de irse al primer período.

Por el pasillo, los dos chicos se dirigieron a clase en total silencio. Ese silencio autoimpuesto continuó mucho más allá del descanso de nutrición de quince minutos, cuando los ex mejores amigos regresaron al taller para hacer otro cartelón.

A pesar de lo útiles que eran las plantillas, tomaba mucho tiempo usarlas. Así que cuando llegó la hora del almuerzo, David y Efrén estaban de vuelta en el taller. Excepto que esta vez, justo cuando David se levantó para irse, Efrén saltó de su taburete.

—¿David?

David se detuvo brevemente junto a la puerta.

Efrén se le acercó.

—Sé que lo que hice parece una gachada. Pero no lo hubiera hecho si no tuviera una buena razón.

David se quedó quieto, escuchando.

—Qué bien. Pues, adelante. Explica. ¿Por qué valía

la pena apuñalarme por la espalda?

Hubo una breve contienda de miradas. Efrén sabía lo que tenía que hacer. Después de todo, David era su mejor amigo y no le contaría los secretos de Efrén a nadie.

No había nada que temer. Efrén respiró hondo y pudo sentir las palabras acumulándose en su interior. Pero por desgracia no estaban solas. La vergüenza las acompañaba.

¿Le daba vergüenza admitir que tanto su amá como su apá eran indocumentados? No. Eso no era el problema.

Efrén sintió escozor de lágrimas en los ojos. Un reflujo de ácido gástrico dejó su garganta en carne viva. No era la verdad lo que lo avergonzaba.

No aguantaba la idea de desmoronarse frente a David.

—Lo siento, David. —Y sin más, Efrén se escabulló.

Una vez que Efrén y los cuates llegaron a casa esa tarde, esparció sobre el comedor las cosas de arte y las cartulinas que la Sra. Salas le había dado. Max y Mía inmediatamente tomaron asiento a su lado.

—Morritos, necesito hacer un montón de cartelones.

—¿Puedo hacer uno? —preguntó Max—. ¡Soy bueno en el arte! ¿Verdad, Mía?

—¡Sí, yo también! ¡Quiero ayudar!

—Bueno, gracias, pero… —Esas caritas se le quedaban viendo con los ojos muy abiertos. No quería que ni Max ni Mía le dejaran de hablar otra vez.

—Ya, ya. Tengan —dijo, entregando a cada uno una cartulina—. Solo asegúrense de que todo esté ordenado y fácil de leer.

Ninguno de los cuates perdió un momento. Mía optó en seguida por una regla y Sharpie, mientras que Max decidió usar un pincel y pintura morada.

Efrén miró detenidamente su cartel. Definitivamente faltaba algo. Se mordió el labio inferior, tratando de averiguar qué necesitaba cambiar. Agarró el paquete de plantillas y se puso a trabajar. Cuando terminó, dio un paso atrás y admiró su obra.

—¿Qué piensan?

Mía le dio un vistazo rápido.

—Le hace falta color.

EFRÉN NAVA PARA PRESIDENTE ESCOLAR
"EL CAMBIO QUE QUIERES VER"

—Sí. Mucho más color —agregó Max, sin siquiera voltear a verlo.

Efrén se frotó la barbilla.

—No sé. Me gusta así. ¿Cómo les va a ustedes dos?

—Yo ya casi terminé —dijo Mía, levantando su cartelón.

El corazón de Efrén se hinchó. Con letras grandes y curvas, el cartelón rojo brillante decía: ¡Voten por Efrén, MEJOR ERMANO MAYOR!

—Yo también ya acabé. ¿Ves? —intervino Max, untándose la pintura morada en la cara—. Lo hice solito.

El corazón de Efrén se estremeció al leerlo:

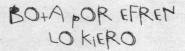

Se agachó y abrazó a los gemelos con fuerza.

—Estos son los cartelones más bonitos que jamás he visto.

CAPÍTULO 11

—Está bien, creo que tenemos todo lo que necesitamos. Mía, ¿tienes la cinta?

Mía levantó la mano y giró el rollo azul en su brazo como si fuera un pequeño aro hula-hula.

David le llevaba ventaja en la campaña. Tenía letreros por toda la escuela. Era viernes por la noche y Efrén no quería esperar al lunes siguiente para colocar los cartelones que acababan de hacer. De ninguna manera. Así es que decidió traerse a los cuates a la escuela con él. El problema sería llevarlos de vuelta antes de que empezara a oscurecer.

Por tentador que fuera, decidió dejar su bici en casa. Cargar a los pequeños una cuadra hasta su escuela en la bici era una cosa, pero su amá nunca permitiría que cruzara Civic Center Drive con ellos balanceados peligrosamente.

—Maxie, ¿agarras esos cartelones?

—Claro. —Max envolvió sus brazos alrededor.de los que no habían cabido en la bolsa. Ya se dirigía hacia la puerta cuando se quedó de repente congelado—. Ah, espera —dijo, corriendo hacia el comedor—. Casi olvidamos los de nosotros.

Efrén se puso la bolsa de basura negra llena de cartelones en el hombro.

—Está bien, morritos. Podemos dejar esos dos aquí. Ya sabes, para pegarlos en el refri.

Los peques le echaron una mirada extraña.

—Así puedo verlos todos los días.

Mía mantuvo el ceño fruncido mientras los ojos de Max comenzaron a llenarse de lágrimas.

La conciencia remordió a Efrén con ferocidad.

—¿Que estoy pensando? ¿Cómo voy a dejar mis dos armas secretas en casa? Estos dos cartelones van a hacer que me elijan.

Los ojos cafés de Max se iluminaron como monedas de un centavo mientras que el rostro de Mía se suavizó con una sonrisa.

Max enseguida encontró un lugar para su cartelón. El momento en que pusieron un pie en el campus, corrió por el pasillo y se apoderó de un lugar sobre el bebedero.

Mía miró a Efrén y asintió.

—Escogió un buen lugar. Un muy buen lugar. —Con una gran sonrisa, tomó la cinta y corrió tras él.

Efrén se detuvo un poco, mirando los pasillos vacíos. Había algo diferente en el lugar, y no solo la falta del ruido habitual de los muchachos. No, había algo más.

Aunque solo habían pasado unas dos horas desde que se acabaron las clases, el campus estaba prácticamente abandonado cuando llegaron. Las únicas personas visibles eran el puñado de maestros que salían, muchos arrastrando carritos de suministros, y Joe, el conserje, que guardaba una manguera de agua en el asiento trasero de su carro.

"Así que esto es lo que sucede después del cierre".

Efrén bajó la mirada hacia el cemento mojado bajo sus pies. Solo habían pasado unas pocas horas, pero la escuela ya estaba lista para la semana entrante. Era agradable, la misma sensación que tenía cuando su amá todavía estaba en casa. Extrañaba volver a casa de la escuela y encontrar una comida caliente y un apartamento limpio.

Pero después de este fin de semana, las cosas volverían a la normalidad, estaba seguro de ello. Su apá tenía el dinero y traería de vuelta a su amá.

—Esperen, muchachos —gritó Efrén, corriendo para bajar a Max, que estaba parado sobre el bebedero.

El cartel de Max estaba justo encima del bebedero más utilizado en toda la escuela. Efrén lo miró fijamente. ¡Todos verían esto!

—Maxie, ¿no crees que deberíamos pegarlo en otra parte, este, para que no se moje? Ya sabes lo descuidados que son los muchachos cuando beben agua. —Efrén hizo changuitos mientras Max inclinaba la cabeza y se frotaba la punta del mentón como si se tratara de una barba real.

—No. Aquí está bien. ¿Verdad, Mía?

Mía levantó la vista a Efrén. Luego al cartelón.

—Sí. Es el lugar perfecto.

Una cosa era segura: estos cartelones harían que la gente hablara. Y si algo le había enseñado el Internet a Efrén es que cualquier publicidad es buena publicidad.

—Okey, está bien. Pero tenemos muchos más

cartelones que pegar. ¿Están listos para moverse a súper velocidad?

Max y Mía se colocaron en sus posiciones iniciales.

—¡Velocidad de Speedy Gonzáles! Y con eso, la campaña presidencial escolar de Efrén se puso en marcha. Max corrió hacia el patio principal y pegó un cartel en un árbol mientras Mía centraba el suyo en la puerta del laboratorio de ciencias.

Efrén, sin embargo, optó por empezar en el otro extremo del pasillo. Justo cuando desenrollaba un cartel y estaba a punto de sacar la cinta del bolsillo, vio una puerta abierta. Se asomó al interior y tuvo que volver a mirar, incrédulo. Allí estaba el Sr. Garrett, vestido con un disfraz de George Washington.

—¿Sr. Garrett?

Al pobre Sr. Garrett casi se le salió el corazón por la boca.

—Caramba, Efrén. Por poco se me... caen los dientes de madera.

—Espere, ¿POR QUÉ se vistió así?

El rostro del Sr. Garrett se puso rojo mientras metía la peluca en una bolsa.

—Bueno, es que vamos a estudiar la Constitución. Pensé que esto podría ayudar. Pero, ¿qué haces aquí?

—Estoy pegando cartelones. Para mi campaña. —Efrén entró en el aula—. Tengo buenas noticias sobre mi mamá.

—¿Ha vuelto?

—Todavía no. Pero pronto.

El Sr. Garrett asintió.

—Qué bien. Porque nunca se debe separar a un niño de uno de sus padres.

—Hablando de niños —dijo Efrén alegremente—, déjeme buscar a mi hermano y mi hermana. Voy a cerrar la puerta ahora —Efrén hizo todo lo posible por ocultar su sonrisa— para que termine de probarse el disfraz.

Una vez más, el Sr. Garrett se ruborizó.

Esa noche, su apá compró una bolsa de churros de camino a casa. Sin embargo, el verdadero placer fue volver a hablar con su amá por teléfono. Apá le había pedido a Efrén que no le preguntara cuándo regresaría, pero eso no detuvo a Max y Mía. De hecho, se turnaron para decirle las mismas cosas una y otra vez:

—Amá, te extrañamos.

—Amá, ¿cuándo regresas?

—Amá, por favor ven a casa.

Efrén estaba feliz con solo escuchar su voz.

En unos días, estaría de vuelta en casa. Pero Efrén no iba a dejar que las cosas volvieran a como habían sido antes. Ya no se iba a esconder en el baño leyendo mientras su amá cocinaba y limpiaba para todos. Se conectaría a Internet. Buscaría cómo hacer pancakes o huevos revueltos, tal vez incluso aprendería a hacer milagros propios.

Cuando se les bajó el subidón de azúcar de los churros y después de leer el libro de Dr. Seuss *¡Oh, cuán lejos llegarás!* que la Sra. Solomon le había prestado a Max, Efrén y su apá alistaron a los cuates para dormir. A diferencia del último par de noches, Efrén se sentía lleno de energía. Tenía muchas ganas de escuchar todos los detalles sobre el plan para traer de vuelta a su amá.

Pero algo en la forma en que su apá se desplomó en el comedor asustó a Efrén.

Se acercó a su apá y se sentó a su lado.

—¿Qué pasa? ¿No te emociona recuperar a amá?

—Solo siento un poco de nervios. Es todo.

—¿Cómo? Juntaste el dinero, ¿verdad?

—No se trata nada más del dinero. Las cosas son diferentes de cómo eran hace unos años. Es mucho más difícil ahora. Tanta gente involucrada. Antes de que planear algo, tengo que llevarle el dinero a tu madre.

—¿Cómo le vas a hacer?

Apá miró hacia la nada.

—Sin su identificación, no puedo enviarle dinero. Así que voy a ir a San Diego mañana. Hay una valla cerca de un parque estatal. Voy a tratar de pasarle el dinero a escondidas.

Efrén se dejó caer en la silla.

—Espera. Pero la migra va a estar allí. ICE podría llevarte a ti también.

—Mijo, a veces el mejor lugar para esconderse es a plena vista. Pasaré desapercibido entre la gente. Actuaré como si no tuviera nada que temer.

—¡No, no puedes!

—Shhh. Mijo, vas a despertar a los gemelos.

Efrén asintió.

—Mira, sé que es arriesgado. Pero no tengo elección. Incluso mis amigos que tienen papeles tienen miedo. —Metió la mano en su bolsillo trasero y sacó una hoja doblada—. Ten.

Efrén comenzó a desplegarla.

—¿Qué es esto?

—Los datos de mi primo. Se llama Miguel y vive en Arizona. Si me pasa algo, quiero que le hables por teléfono. Él y yo tuvimos una larga, larga conversación hoy. Es un buen tipo y vendrá a buscarte a ti y a los gemelos.

Una oleada de pánico recorrió el cuerpo de Efrén.

—Apá —dijo, suplicante—. Tiene que haber otra manera.

—No, mijo. No hay. Solo un ciudadano nacido aquí está a salvo ahorita.

"¿Ciudadano?". La mente de Efrén giró rápido.

—Apá, *yo* soy ciudadano.

Apá rechazó la idea.

—No. Ni siquiera lo pienses. La frontera no es lugar para alguien de tu edad.

—Quizás. Pero tampoco es lugar para mi amá. O para ti. Por favor, apá. Puedo hacerlo.

Su apá no respondió. Nada más juntó las manos frente a su cara y soltó un suspiro.

—Por favor, apá —repitió Efrén—. Yo sí puedo hacerlo.

Su apá no lo miraba a los ojos.

—Mira, me he ocupado de Max y Mía. Los he

llevado a la escuela. Los he bañado, alimentado, justo como necesitabas que lo hiciera. Por favor, apá. Déjame hacerlo. Por mi amá.

Su apá se frotó la nuca.

Efrén se inclinó hacia adelante.

—Siempre has cuidado de esta familia. Te arrastras al trabajo aunque haigas estado enfermo o incluso lastimado. Tú y mi amá me han dado todo lo que necesito. Déjame ayudar. Esta es mi familia también.

Su apá asintió, luego finalmente extendió la mano y la puso sobre la de Efrén.

—Si hacemos esto, lo hacemos juntos. ¿Está claro?

—Sí, apá. Juntos. You and me, together.

—Okey. Voy a hablar con tu amá para preparar todo. Mijo —dijo apá y tragó saliva— Estoy muy orgulloso de ti. Eres muy valiente.

Valiente. Era exactamente lo contrario de cómo se sentía.

CAPÍTULO 12

Era tan temprano que los cuates debían de estar todavía dormidos, pero la idea de los pancakes de Denny's los tenía a ambos bien despiertos. Saltaban alegres mientras su apá buscaba en su cartera billetes de un dólar para que pudieran jugar a la máquina de garras, algo que casi nunca llegaban a hacer. Max señaló a un osito panda con ojos saltones mientras Mía se obsesionaba con lo que podría haber sido un koala o un perezoso mal cosido.

—¿Quieres tratar? —preguntó su apá, extendiendo un poco de dinero para que Efrén también jugara.

A Efrén no le interesaba. No era que no le gustara jugar, sino que su apá estaba actuando como si esta fuera la última vez que los vería. Como si hubiera algo que no les había contado.

Después de colmar a los cuates con un montón de postre, apá los dejó con Adela, la diminuta señora que trabajaba en la cafetería de la primaria. Su apartamento de dúplex también funcionaba como la guardería no oficial de la cuadra. No era barata, pero era amable y tranquila, y siempre lucía una sonrisa. A todos los niños les encantaba estar con ella.

Pero incluso su sonrisa se desvaneció, se volvió incómoda e inquieta, cuando el padre de Efrén le entregó la información de contacto de su primo Miguel. Por si acaso.

Con los cuates bajo buen cuidado, su apá hizo una última parada en la gasolinera para llenar el tanque de su Chevy para el viaje de dos horas a San Diego. Efrén se hundió en el asiento del pasajero y esperó dentro de la camioneta, sintiendo un nudo en el estómago a medida que aumentaban los números en el indicador de la bomba de gasolina. Incluso con su enorme tanque de gasolina, la camioneta no tardó mucho en llenarse.

Apá se puso al volante y miró a Efrén, como si le diera una última oportunidad para cambiar de opinión.

—¿Listo?

—Yep. Ready. —Efrén forzó una sonrisa. A pesar de lo que su apá le había dicho una y otra vez, realmente no tenía elección. Entrar solo a Tijuana era algo que tenía que hacer. Por su amá. Por toda la familia.

Este era el único plan que tenían. Necesitaba ser valiente.

Durante la siguiente hora y pico, Efrén apoyó la cabeza contra la ventanilla del pasajero y, de vez en cuando, entreveía las aguas azules del Pacífico. Sus ojos siguieron las siluetas blancas de los barcos en el océano, así como la estela espumosa que los seguía como pequeños caracoles. Efrén se maravilló ante la idea de que había gente allí, posiblemente familias enteras, disfrutando del hermoso día. Trató de imaginar el tamaño de los barcos, preguntándose cómo se sentiría la brisa del mar golpeando su rostro.

La desaceleración del tráfico llamó la atención de Efrén.

—Apá, ¿es una caseta de cobro?

—No, mijo. Ese es el punto de control de San Clemente. No te preocupes. Está cerrado ahorita. La Patrulla Fronteriza lo abre al azar para atrapar a personas que vienen de la frontera.

—Pero —Efrén se movió incómodo— ¿y si se abre cuando volvamos?

Su apá le palmeó el hombro.

—Bajamos la velocidad y luego dejamos que nos indiquen que sigamos. No habrá problemas. Te lo juro.

A Efrén le dio un vuelco el estómago, pero todo lo que pudo hacer fue apoyarse en la puerta y dejar que su cara descansara contra la ventana calentada por el sol. El calorcito le recordaba el chocolate caliente, la sopa de estrellitas y los masajes tipo piojito en el cuero cabelludo que hacía su amá. Efrén casi podía imaginarse acurrucado a su lado, casi podía sentir sus suaves dedos acariciando su cabello mientras que sus uñas firmes pero relajantes recorrían su cuero cabelludo.

—Ya mero llegamos, mijo.

Efrén cerró los ojos, pero permaneció despierto. Estaba nervioso por cruzar la frontera solo. Asustado por lo que podría pasar. Pero pensar en su amá le dio el valor que necesitaba.

"Tengo que hacer esto, amá. Por ti".

—Aquí es —dijo su apá, señalando el letrero grande—. San Ysidro. Última salida del lado americano.

Efrén se incorporó cuando su apá tomó una salida

y giró a la derecha hacia el puente. Efrén observó las corrientes de personas que caminaban por la banqueta, la mayoría con mochilas, sus edades tan diferentes como los tonos de su piel.

Más adelante, un tranvía rojo le llamó la atención.

—Mira, apá. Parece un juguete de los modelos de ferrocarril tipo Thomas the Tank Engine que se venden en las tiendas.

Sólo que su apá no respondió. Tenía otras cosas en mente.

—Mijo, tienes el dinero, ¿verdad?

Efrén palpó la bolsita escondida debajo de su camiseta.

—Sí.

—¿Qué hay de los pesos para el taxi? Acuérdate, hay que pasar desapercibido.

Efrén buscó en su bolsillo delantero.

—Listos.

—Y...

—Y mi tarjeta de identificación. YYYYYY tu carta de permiso notariada también. —Efrén levantó ambos a la vista.

Su apá se detuvo en un pequeño estacionamiento.

—Lo siento, mijo. No eres tú en quien no confío.

—No te preocupes. Conozco el plan. Pasar por las puertas giratorias. Seguir a la multitud hasta llegar al otro lado. Tomar un taxi hasta la Avenida Revolución… preguntar por el aro.

—Arco —corrigió su apá, haciendo la forma de un arco con sus manos—. Como la gasolinera donde llenamos el tanque hoy. Es enorme. No tiene pierde.

Efrén se dio unos golpecitos en las sienes, como si metiera la información a la fuerza en su cabeza.

—Arco. Arco. Entendido. Mi amá estará esperando en El Taco Loco que está a un lado.

Su apá asintió antes de salir de la camioneta y llevar a Efrén a una rampa que se dirigía a la aduana mexicana.

—Hasta aquí llego. No puedo acercarme más.

Efrén asintió sabiendo que su apá había llegado tan lejos como le era posible.

—Tengo esto bajo control, apá.

—Por supuesto. Solo recuerda: Actúa como si fueras de allí. Y no te preocupes, estaré aquí cuando regreses.

Efrén caminó hasta un largo corredor de concreto decorado con aspas de metal curvadas en lo alto. Se persignó, respiró hondo y siguió de cerca a una pareja de mediana edad con tres hijos, fingiendo ser el cuarto. Atravesó las puertas giratorias, y antes de que pudiera realmente darse cuenta de lo que había sucedido, se encontró en el otro lado, así como así.

Efrén buscó en los bolsillos, apretó con fuerza el dinero para el taxi y se abrió paso por la banqueta llena de vendedores ambulantes, algunos tan chiquitos como Max y Mía.

Por mucho que le doliera ver, Efrén sabía que no podía distraerse con los problemas de los demás. Necesitaba mantenerse enfocado. "Mi amá está esperando". Pensar en ella lo ayudó a acelerar el paso.

—¡Taxi! ¡El más barato! —le gritó un hombre.

Efrén levantó la vista. Se dirigía hacia una fila de taxistas, todos con ropa de la calle, cada uno compitiendo por su preferencia.

"Genial". Toda su vida le habían dicho que nunca se subiera a un carro con un desconocido. Ahora, no solo estaba a punto de hacer exactamente eso, sino que lo estaba haciendo en un mundo que desconocía. Efrén inspeccionó a los hombres, deteniéndose cerca de un caballero mayor con calvicie. Estaba a punto de llamarle la atención cuando el hombre le dio una fumada a su cigarro.

"No, gracias". Efrén odiaba ese olor a ceniza.

De repente, una voz gritó en inglés.

—Yo, little man. You need a lift?

Si bien la voz en sí no era familiar, la forma en que hablaba el hombre sí lo era. A Efrén le recordó a Rafa, allá en el barrio. Se volvió hacia el hombre, aún manteniendo una distancia segura.

Llevaba jeans desgastados y guangos y una camiseta beige que dejaba ver sus gruesos brazos. Tenía un tatuaje detallado de una niña que se enroscaba alrededor de su cuello y un rostro curtido que de alguna manera le recordaba a Efrén a su apá.

—Hablas inglés muy bien —le dijo Efrén al tipo.

—No, pos, después de veintiocho años en Gringolandia, más me vale. —Miró un poco a su alrededor—. Little man, you alone?

Sin saber qué decir, Efrén se quedó callado.

—Oye, este no es lugar para un morro como tú. Me llamo Eduardo, la gente me dice Lalo. Vamos, te llevo a donde necesites ir.

Efrén dudó al principio, pero sabía que no tenía muchas opciones.

—¿Me puedes llevar al Arco de la Avenida Revolución?

Lalo se quedó con los ojos saltones.

—¿En el centro? ¿Hablas en serio?

—Estaré bien. Yo puedo arreglármelas solo.

—No manches —dijo Lalo—. No voy a dejar a un morro de tu edad allí.

—Tienes que hacerlo. —Efrén no vio más remedio que admitir—: Mi amá me espera allí. La deportaron.

El tipo examinó a Efrén con una mirada rápida.

—Híjole. —Asintió—. Eso cambia las cosas. All right, little man. Te llevo.

Efrén lo siguió hasta su carro y se subió al asiento trasero. Pero no había cinturón de seguridad a la vista, y eso lo hizo sentir un poco incómodo.

—Entonces —dijo Efrén nervioso—, dijiste que vivías en los Estados Unidos. ¿Qué haces acá?

Lalo soltó una carcajada fuerte.

—No es por elección propia, créeme. Me deportaron. Y colorín colorado.

Efrén examinó el taxi, fijándose en las manchas y rasgaduras en la tapicería.

—¿Por qué no buscas un coyote que te ayude a cruzar?

De nuevo, se rio.

—Little man, you don't just go back. No es tan fácil.

Efrén estudió el lado del tatuaje en el cuello de Lalo.

—¿Tu hija está acá contigo?

Efrén pudo ver al hombre arrugar la frente en el espejo retrovisor.

—Morro, haces muchas preguntas. ¿Y cómo sabes que tengo una niña?

—Por tu tatuaje —respondió Efrén.

Lalo se rio.

—Mira, morro, hago lo que puedo por ella. Sabe que la quiero. Si no lo supiera, le diría a mi mujer que me la trajera. Así podría estar con ella.

—¿Qué quieres decir?

—Es simple. A m'ija la quiero. Y quiero lo mejor para ella. Pero asómate por la ventana. ¿De verdad crees que este es un lugar para criarla? N'hombre, está mucho mejor en los Estados Unidos. Allá puede lograr sus sueños, ser alguien. No como su viejo.

Efrén se quedó en silencio y pensó en lo que había dicho.

—No entiendo qué tiene Tijuana de malo.

Esta vez la sonrisa de Lalo fue genuina.

—Este lugar es un limbo, morro. Un lugar que no es exactamente México, ni es Estados Unidos. La Tierra de los Olvidados. Hay una buena razón por la que le dicen así.

Efrén trató de distraerse leyendo cada letrero que veía. Cerveza. Discotecas. Mujeres. Era casi todo lo que se anunciaba. Pero no podía quitarse de la cabeza lo que Lalo había dicho. ¿Qué tal si tenía razón? ¿Qué pasaría si cruzar no fuera posible?

"Si Lalo no pudo encontrar la manera de estar con su propia hija, entonces, ¿qué posibilidad hay de que...".

De repente, toda la ciudad se sintió aun más grande que antes. Los carros. La gente. Todos se movían tan rápido.

Efrén no podía permitirse terminar el pensamiento.

—Lalo. Tengo que hacer pipí.

Lalo atravesó el carril transitado y se detuvo junto a una zapatería y una farmacia.

—All right, little man —dijo, señalando hacia adelante—. Vas a cruzar la calle Benito Juárez y dar vuelta a la derecha. Justo ahí hay un McDonald's. Usa el baño y luego cruza el mercado. Más adelante encontrarás el Arco de la Revolución. Estarás a salvo mientras te quedes en esta calle. Mucho ojo. Ponte trucha. No vayas a ningún otro lado y *no hables con ningún policía*. También pueden ser peligrosos. Got it?

Efrén asintió.

—I got it. —Salió del carro y sacó el dinero—. ¿Cuánto te debo?

Lalo soltó un sonido de desdén.

—No manches, carnalillo. Ve a buscar a tu jefita. Con eso me pagas, ¿sale?

—Órale, Lalo. Sale.

Y así sin más, Lalo se alejó en lo que probablemente fue una vuelta en U ilegal. Efrén pasó junto a un puesto de bolear zapatos y sonrió al ver los dos arcos dorados que se elevaban sobre la calle. "¿McDonald's?".

De repente, este lugar ya no se sentía tan aterrador. Tal vez su apá se equivocó. Tal vez no era tan malo como había pensado. Efrén palpó su camiseta, buscando la bolsita escondida debajo.

Quizás encontrar a su amá también sería mucho más fácil de lo que había pensado.

CAPÍTULO 13

Asomándose por detrás del McDonald's estaba el blanco Arco Monumental de Tijuana con una pantalla grande suspendida por cables en el centro, como una mosca en una telaraña, reproduciendo comerciales. "¡EL ARCO!". Era justo el que había estado buscando. Efrén pensó que parecía la mitad superior de una rueda de la fortuna, de esas que la iglesia local instalaba en su estacionamiento una vez al año, solo que esta no tenía cabinas.

"Por fin". Estaba tan cerca de su amá que podía sentirlo.

Dondequiera que mirara, las tiendas, con las persianas enrollables levantadas, estaban abriendo sus puertas. Sin embargo, incluso con todos los carros zumbando y los vendedores ambulantes voceando sus mejores ofertas, el lugar se sentía extrañamente tranquilo, como si toda la cuadra se hubiera preparado para una gran fiesta y todos los invitados hubieran decidido no presentarse.

Efrén esquivó a un hombre canoso vestido con un traje completo de mariachi, los ojos muy abiertos y amistosos, el rostro lleno de años. El movimiento hizo que Efrén chocara con el joven que atendía el puesto de periódicos. Ese joven, que vestía jeans desteñidos y una camiseta roja, le espetó una sola palabra:

—¡Cuidado!

—Oh, disculpe —dijo Efrén con un gesto de pedir perdón.

No podía parecer un turista; necesitaba actuar como si viviera allí. Pero pasar desapercibido iba a ser más difícil de lo que pensaba, especialmente con todas las cosas nuevas e interesantes para ver. A su alrededor, los vendedores mostraban pesadas mantas de lana, perfectas para las frías noches de invierno, coloridas bolsas de malla que se usaban para comprar comestibles, máscaras de lucha libre, una variedad de piñatas de superhéroes y los siempre populares sarapes mexicanos.

Lo que vendían tenía perfecto sentido. Lo que no

entendía Efrén era por qué todos le hablaban en inglés. Él sí era un extraño, un extranjero, pero ¿cómo lo sabían? ¿Había algo en su forma de vestir? ¿La forma en que caminaba? Tal vez la forma en que miraba todo con nuevos ojos. Buscó entre la multitud, comparando el mar de piel morena. La gama era enorme, un arco iris de diferentes tonos.

Había tantos vendedores a lo largo de la calle, gente como Lalo, luchando por encontrar su lugar en ese mundo raro.

Justo cuando una tristeza comenzaba a crecer en la boca de su estómago, un par de peques, un niño y una niña, lo detuvieron. En sus manos había un par de flores de hojalata hechas con rajas de latas de Coca-Cola.

—Did you guys make these? —preguntó en inglés. Los niños se miraron y se encogieron de hombros.

—¿Ustedes las…? —Pero Efrén se detuvo a mitad de la oración mientras miraba sus manos. No había necesidad de preguntarles en español. La respuesta era tan obvia como las curitas sucias en la punta de sus dedos.

Efrén se acordó de los pesos que le había dado su apá. Pero la cantidad de moneda mexicana que traía no sería suficiente para ayudar a estos niños. Efrén metió la mano debajo de su camiseta y sacó la bolsita con el dinero destinado a salvar a su amá.

Del fajo, sacó un par de billetes de veinte dólares y se los entregó a los niños. Eso era lo correcto. Efrén estaba seguro de que su amá habría hecho exactamente lo mismo de estar en su lugar.

Pero Efrén también entendió que lo que había hecho no era muy seguro. De inmediato volvió a meterse la bolsita debajo de la camiseta y miró a su alrededor en busca de ojos errantes que pudieran haberlo visto. Efectivamente, vio a dos mujeres mirándolo fijamente, susurrando algo entre sí.

¿Qué había hecho?

Antes de darle a cualquiera de los niños la oportunidad de agradecerle, Efrén corrió por el mercado lo más rápido que pudo. Pero con cada paso que daba, una vocecita en el fondo de su mente le decía que tuviera más cuidado.

Mientras Efrén salía del mercado, pensó en la suerte que había tenido de haberse criado del otro lado de la frontera. Recordó todas las veces que en secreto quiso ser uno de los muchachos riquillos que vivían en el barrio de Floral Park cerca de su escuela, las veces que quiso tener su propia habitación, su propio televisor, su propia cama.

Ninguna de esas cosas le importaba ya. Todo lo que

quería era a su familia en casa, en su apartamentito, juntos.

A su amá y su apá no les gustaba hablar demasiado sobre la razón por la que dejaron sus hogares hacía tanto tiempo. "Por una vida mejor" parecía ser su única respuesta. Solo que ahora Efrén comenzaba a comprender lo que habían dejado atrás.

Justo cuando Efrén pasaba corriendo el último puesto, algo le llamó la atención. A unos metros de distancia se encontraban las ruinas de un acueducto, sobre unos arcos que apenas se mantenían en pie. Era la misma arquitectura romana sobre la que había leído en sus libros de sociales.

"Espera. ¿Cuál de los dos arcos se supone que debo seguir?".

Miró hacia el gigantesco monumento plateado de arriba, pero la calle que pasaba abajo parecía terminar.

El arco del acueducto conducía a una calle colorida, donde pudo ver el letrero de un hotel más adelante.

"Ese tiene que ser el indicado. El Taco Loco tiene que estar cerca".

Efrén siguió los arcos del acueducto por la calle más colorida que jamás había visto. Era como si cada edificio hubiera sido pintado del sabor de una fruta distinta.

A su izquierda y hacia el fondo de una pared gigante de color limón se encontraba la entrada a una pequeña tienda. Efrén se saltó muchas de las palabras del letrero casero y encontró consuelo en las conocidas como "dulces", "jugos" y "paletas", todos los bocadillos deliciosos que encontraba a la venta en el camión de comida de Don Tapatío en su casa.

A su derecha estaba el Hotel Santa Cecilia, pintado del color del agua de sandía que su amá preparaba de vez en cuando durante el verano. El recuerdo hizo que a Efrén le pareciera mejor del lugar donde había terminado su amá. Se la imaginó en el mercado, haciéndose amiga de los vendedores como lo hacía en el barrio donde vivían.

Sin embargo, todo eso cambió una vez que pasó por el bar color lima llamado Río Verde. Con cada paso que daba Efrén, los brillantes colores frutales de los edificios se oscurecían, como si estuvieran cubiertos por una capa de tierra y ceniza. Hizo una pausa, notando a una mujer parada en la banqueta, mirándolo. Deslizó la mirada hacia unos hombres al otro lado de la calle que también se le quedaban viendo. Aceleró el paso hasta llegar al final de la cuadra.

Miró por encima del hombro. Los hombres venían

detrás de él, cada vez más cerca. La advertencia de su padre resonó en su mente y el pánico se apoderó de él.

En su barrio sabía exactamente qué vallas trepar, a qué apartamentos correr y qué callejones evitar. Aquí, los peligros eran nuevos. Había escuchado historias de personas que fueron recogidas en las calles y de las que nunca más se supo nada. También había oído hablar de los carteles y la corrupción.

Examinó la calle y vislumbró un edificio color papaya. "¿El Taco Loco?". Esperando que lo fuera, se echó a correr a toda velocidad. Esta vez, no se molestó en disculparse con quienes se topaba en el camino. Y aun así, las personas con las que se estrellaba actuaron como si presenciar a un muchacho presa del pánico corriendo por las calles fuera algo perfectamente normal.

Al detenerse en un letrero de ALTO, tosió y jadeó con las manos apoyadas sobre las rodillas. La única otra calle disponible se veía incluso peor que en la que se encontraba. Una vez más, miró por encima del hombro. Los hombres que lo perseguían también se habían detenido y esbozaron sonrisas amenazadoras como si supieran algo que él ignoraba.

—Hey, little man! —gritó una voz.

Sintió una oleada de alivio cuando vio el familiar taxi orillarse a su lado.

—¡Entra! —gritó Lalo, estirando el brazo para abrir la puerta trasera.

Efrén volteó para mirar a los hombres que lo habían estado siguiendo. Ya no sonreían. Saltó al carro, golpeándose la nuca cuando la aceleración repentina arrojó su cuerpo por todo el asiento trasero.

—No manches, carnalillo. ¿Qué haces lejos de la plaza? Este lugar no es para un niño como tú, créeme.

—Estaba buscando los Locos Tacos... para ver a mi amá.

—Si quieres decir El Taco Loco, está a media cuadra del mercado. —Señaló hacia la otra dirección—. P'allá.

Efrén se frotó las sienes antes de mirar su reloj. Eran apenas las doce con diez.

—¿Puedes llevarme allí ahora? Mi amá ya ha de estar esperándome.

—N'hombre. No se puede. Esos tipos son peligrosos. No te lo imaginas. Será mejor que nos alejemos un rato. Confía en mí. Si tu mamá te está esperando, no se va a ir a ningún lado.

—Pero...

—Lo siento. Estarías poniendo nuestras vidas en

peligro, sin mencionar la de tu madre.

A Efrén no le gustó cómo sonó eso.

—Bueno, ¿qué hago mientras tanto?

—Puedes comer conmigo. ¿Te parece bien?

La mente de Efrén iba a toda máquina. Sabía que no debía hablar con extraños. Pero, ¿qué opción tenía? Le gustara o no, Lalo era su mejor apuesta en este momento. Además, había algo en Lalo que hacía que Efrén le tuviera confianza.

Tijuana era diferente a lo que Efrén había imaginado. Miró por la ventana, maravillándose de los pedazos de lámina que se usaban para cubrir lo que en algunos casos parecían ser paredes de cartón. Aquellas casas que tuvieron la suerte de tener triplay y bloques de cemento parecían haber sido construidas una encima de la otra.

—Lalo, ¿por qué las casas en los cerritos son tan, tan...?

—So ghetto?

—Bueno sí.

—Esta es la tierra que nadie quiere. De este lado de la frontera, la gente rica vive en terrenos planos.

Los ojos de Efrén vagaron. Este lugar no se parecía en nada a su hogar.

La chocita de Lalo no era muy diferente del resto de la vecindad. Solo un pequeño cuarto donde apenas cabían un colchón doble, una estantería tambaleante y un quemador de propano para cocinar.

—No es mucho, pero casi nomás duermo aquí. Además, entre menos dinero gasto, más le puedo enviar a m'ija. —Lalo volteó y señaló una foto sobre una caja de leche al lado de su cama. Su hija tenía más o menos la misma edad que Max y Mía, pero tenía el cabello claro y ondulado y ojos color avellana.

—Es adorable.

—Mi foto favorita. Anyway, little man, make yourself at home.

—¿Puedo usar el baño?

—¿Otra vez?

—Sí, es que se me revuelve el estómago cuando me pongo nervioso.

—Órale, pero estás bien ahora, morro. El retrete está justo afuera, a la derecha. Si la puerta está cerrada, no entres. Es pa' todos, y a lo mejor un vecino lo está usando.

Efrén salió por la puerta trasera. El exterior no era mucho mejor.

A un lado estaba la letrina. Entró y cerró la tabla de

madera que servía de puerta. Miró la cubeta de agua almacenada junto al inodoro, prometiendo no volver a quejarse nunca más de tener que esperar su turno en casa.

Cubrió el asiento con papel higiénico. Cuando terminó, levantó la cubeta (había aprendido este truco de su apá cuando alguna vez se había cortado el agua en su apartamento) y la vació en la taza del baño. Por suerte, todo se bajó sin problemas.

Efrén volvió a llenar la cubeta y se lavó las manos con la manguera cercana, luego se metió al cuarto de nuevo. Lalo había preparado unas sopas instantáneas de ramen.

—Carnalillo, ¿te gusta la sopa Maruchan?

—¿Tienes salsa Tapatío?

Lalo señaló una botella al lado de la antena de televisión con orejas de conejo.

—No manches. ¿Qué clase de homie no tiene salsa Tapatío en su cantón?

Efrén sonrió, pero comió sin mucho entusiasmo.

—Oye, morro. No te agüites. Yo te apoyo. ¿Qué tal si bajamos al Muro hasta que se enfríen las cosas?

Efrén consultó su reloj.

—Mi apá me está esperando al otro lado de la frontera.

—Sé que quieres ir patrás, pero esperar en la vecindad no te hace llegar más rápido. Vamos.

—Está bien —dijo Efrén, sorbiendo los últimos fideos.

Efrén siguió a Lalo al exterior y esperó a que abriera la puerta trasera del taxi.

—¿Qué haces? —preguntó Lalo, asomando la cabeza por la ventana—. Somos cuates ahora. Ven, siéntate en frente conmigo.

Efrén corrió hacia el lado del pasajero e inclinó el asiento hacia atrás, para verse tan perrón como Lalo.

—Entonces, ¿qué es este Moro al que me llevas? —preguntó.

Lalo se rio.

—El *Muro* es esa pared de hierro que nos separa de Gringolandia. Se acaba donde empiezan las olas del océano.

—¿En la playa, dices? Nunca he oído hablar de ninguna playa en Tijuana.

Lalo señaló hacia adelante mientras daba vuelta.

—Mira p'allá. Ese es el Pacífico. La misma agua en ambos lados del muro.

Efrén se inclinó hacia adelante para ver mejor.

—Se parece a las playas de por mi casa.

—Simón. —Lalo se rascó la punta de la nariz—.
A veces vengo por acá, me compro un trago y miro el
océano, pensando en m'ijita. Casi siempre andan unos
padres corriendo con sus huercos. Tengo que admitir
—su voz se quebró un poco— que todavía duele. Siento
que me robaron.

Efrén lo miró de reojo.

—Lo lamento.

Hizo un sonido de desdén.

—Al menos tengo mis recuerdos para hacerme com-
pañía. Recuerdos de cómo la mecía en mis brazos, de
cómo le inventaba canciones de rap sobre la familia.
—La mandíbula de Lalo se tensó—. Sabes, lo que más
extraño —continuó, mientras contemplaba el mar— es
la forma en que se me quedaba viendo… como si supiera
quién era. No vio un tipo que abandonó la prepa, no vio
los tatuajes en mis brazos o espalda. Nomás me aceptó:
amor incondicional, carnalillo. Anyway, my little Abby
knew that I loved her. Sentía la confianza de que yo
haría cualquier cosa para protegerla. Luego cerraba los
ojitos y se quedaba dormida como tres horas.

"¿Tres horas?". Sonaba como algo que Mía haría.

Lalo suspiró y exhaló una bocanada de aire.

—Sí… tres horas maravillosas con ella contra mi

pecho. Cosas así te cambian.

Lalo se secó el puente de la nariz.

Efrén se secó los ojos.

—Lo peor es que en los únicos recuerdos que tiene de mí, estoy detrás de las vigas de hierro del Muro. Dios sabe que no he vivido una vida perfecta, pero no soy ningún criminal. Pero, pues, así me ve. Para ella, no soy más que una vergüenza. Solo un vato tatuado que le envía dinero y le escribe cartas que ella contesta de vez en cuando.

—¿Puede escribir a su edad?

Lalo se rio de buena gana.

—My baby girl isn't a baby anymore. Esa foto que viste es vieja. Ya es adolescente... con su propia vida para vivir. In the States, where she belongs.

Así como así, Lalo metió otro disco compacto en el estéreo y subió el volumen tan alto que Efrén se estremeció.

—Checa esto. Es mi mera rola —dijo, bajando el volumen solo un poquito.

Efrén no tenía idea de quién era el rapero, pero bombeó la cabeza mientras Lalo cantaba en voz alta. Efrén murmuró el coro lo mejor que pudo, saltándose algunas palabras que aún no se le permitía decir.

Mirar por la ventana fue vislumbrar un mundo completamente nuevo. Sí, el lugar era sencillo y pobre, pero también era hermoso. No había mansiones ridículas que acapararan la vista al mar ni hoteles lujosos para los ricos. En cambio, había puestecitos que anunciaban cocos frescos y cócteles de camarón.

—Sabes, Lalo, este lugar no está tan mal.

—Tiene sus encantos.

Lalo se estacionó junto a un cordón blanco que se extendía por debajo de una torre de faro blanca.

Efrén examinó las palmeras en miniatura y los caminos irregulares por delante. No podía decidir si el lugar se parecía más a un parque de patinaje o a un campo de minigolf.

—Allá está el Muro. Vamos.

Efrén siguió a Lalo por la rampa, donde familias de todos los tamaños se alineaban en las vigas de hierro oxidadas, muchas en sillas plegables.

—¿Qué hacen?

—Visitar a sus familiares. —Lalo señaló al otro lado de la cerca—. Mira, la gente de los Estados Unidos hace fila y, cuando llega su turno, toman de la mano a los miembros de la familia de los que están separados. Así pude ver crecer a mi hija.

Lalo puso su mano sobre el hombro de Efrén e hizo pausa, como si tuviera algo que decir. Solo que no dijo una palabra, nada más comenzó a caminar hacia la playa vacía.

Los ojos de Efrén examinaron los muchos rostros a lo largo de la cerca. Eran de todo tipo. Desde bebés hasta ancianos con andadores, todos de diferentes pero hermosos tonos cafés. Efrén comenzó a caminar junto a la barrera de hierro. Hubo tantas sonrisas como lágrimas. Una mujer se clavó al espacio entre las vigas. Metió el brazo. Tenía casi la misma altura que su amá, con un tono de piel similar, como de frijol pinto.

Efrén se acercó, curioso por lo que estaba haciendo. La respuesta lo golpeó. Inmediatamente le picaron los ojos como si los hubieran frotado con un jalapeño maduro. A menos de diez pies de distancia había una madre y una hija, esta con su sombrero Sea World todavía puesto. Estaban apoyadas la frente de una contra la de otra, cada una con los ojos cerrados y las lágrimas fluyendo.

Se palmeó el pecho. Sentir la bolsita debajo de su camiseta lo ayudó a calmarse y tranquilizarse. Echó un vistazo al resto de las familias que acampaban alrededor de la banqueta, esperando su turno para tomarse de la mano también.

Efrén se acercó a la cerca de hierro y puso la palma en ella. ¿Cómo era posible que a él se le permitiera cruzar a ambos lados? Su lugar de nacimiento no cambiaba nada esencial. No lo hacía mejor que nadie. Simplemente lo hacía… *suertudo*.

Era suerte. Simple. Pura. Estúpida.

Efrén se acercó a Lalo y se sentó al lado, junto a la línea invisible donde rompían las olas del mar antes de retirarse.

—Oye, ¿estás bien? —preguntó Lalo.

Efrén se tomó un momento antes de responder.

—No capto.

—¿Qué es lo que no captas?

—¿Por qué esa gente no contrata a un coyote y se pasa de todos modos? Como mi amá va a hacer. —Su rostro se iluminó—. Oye… podrías acompañarla. Tú y mi amá podrían cruzar juntos.

—Espera —dijo Lalo, girándose para mirarlo—. No es tan sencillo. No puedes cruzar así nomás.

—Ya sé. Por eso conseguimos el dinero. Mi papá tomó un trabajo adicional de noche para ganárselo. Pero aquí lo traigo. ¿Ves? —Efrén buscó la bolsita debajo de su camiseta y sacó el fajo de billetes—. Mi amá encontró un coyote que le prometió cruzarla. Justo en el hotel que encontró en la Avenida Revolución. Todo lo que tengo que hacer es entregarle esto. Entonces las cosas pueden volver a como eran. Podemos volver a ser una familia.

Lalo se quedó en silencio.

—¿Qué pasa? ¿No es suficiente?

—Primero, guarda ese dinero antes de que nos metas en problemas. —Lalo inspeccionó la playa para asegurarse de que nadie estuviera mirando—. Mira, carnalillo, por mucho que me gustaría, no te voy a mentir. Cruzar no es tan fácil como crees. Usar un coyote para cruzar la línea aduanera es costoso, pero ¿cruzar por el desierto? —Sacudió la cabeza—. Yo no lo intentaría. No otra vez. Y los polleros locales son demasiado arriesgados. Algunos prometen ayudarte a cruzar, pero en lugar de eso, nomás toman tu dinero y te arrojan al desierto para que te las arregles solito.

—Pero no todos son malos, ¿verdad?

—Mira, conozco a unos vatos que trabajan en esta área. No te prometo nada, pero puedo hablarles y ver si pueden ayudarlos.

—¿Tú que tal? ¿No quieres ver a tu hija?

—Claro que sí. Más que nada. Pero sin una licencia o

un número de Seguro Social, no hay mucho que pueda hacer para ganarme la vida allá. Además, tengo récord criminal… así que si me pescan otra vez, seguro voy a pasar un buen rato tras las rejas. —Se frotó la barbilla mientras continuaba—. Pero no tienes que preocuparte por mí. Sobreviviré. Es triste, pero en eso nuestra gente se destaca: en la sobrevivencia.

Efrén se tomó un momento para asimilar las palabras. Luego miró a Lalo y trató de distinguir las letras justo debajo de sus nudillos, solo que el tatuaje estaba demasiado descolorido para leer.

—¿Hiciste algo malo?

—N'hombre. Bueno, nada demasiado serio. —Fijó una mirada vacía al mar como si estuviera hechizado por el movimiento de las olas—. En pocas palabras, me juntaba con los cuates equivocados… no pensaba por mí mismo. —Lalo miró a Efrén de soslayo—. Morrillo, hazte un favor: rodéate de buena gente. Personas que sacarán lo bueno que hay en ti. No lo malo.

Efrén pensó en David, en la suerte que tenía de tener un amigo como él. Corrección. Lo *había* tenido como amigo. Pero no podía abandonar las elecciones. Jennifer tenía razón. Él era una semilla, y necesitaba atravesar la tierra y alcanzar la luz del sol.

—Creo que eres un gran tipo. No deberías rendirte.

—¿Rendirme? —Lalo se rio—. Confía en mí. Si hay algo que no hago es rendirme. Pero entiende bien. Todo lo que quiero de la vida es que mi Abby crezca feliz, con un buen trabajo, tal vez una familia. Con eso me conformo. Todo lo demás es de pilón. —Lalo se rascó la punta de la nariz—. Solo quiero lo que todo padre quiere para sus hijos: una vida mejor.

La frente de Efrén se arrugó.

—¿Una vida mejor? ¿Sin ti?

Lalo asintió muy levemente.

—Una vida mejor… para ella.

CAPÍTULO 14

Efrén miró por la ventana del carro de Lalo y notó que todos estaban ocupados con el trabajo, incluso los niños. Estiró el cuello para seguir a un grupo de niños que se metía a una tiendita cargando cajas de plástico. En los EE. UU., estos mismos niños andarían en patineta por la ciudad, o tal vez estarían quemando energía en el patio de la escuela del barrio.

"En eso nuestra gente se destaca: en la sobrevivencia". Las palabras de Lalo flotaban tenaces como el olor a moho en el carro.

—Ya llegamos —dijo Lalo, estacionando el taxi afuera de un museo de cera.

Efrén se asomó y vio que el enorme Arco se elevaba

por encima de todo. Ahora lo invadía una emoción nerviosa.

—Bájate —dijo Lalo—. Tu mamá ha de estar que se vuelve loca de preocupación. —Señaló hacia delante—. No te preocupes, te alcanzaré.

Efrén salió disparado del auto, echando un vistazo ansioso a su alrededor. Y cuando eso no funcionó, recurrió a Lalo, quien tranquilamente apuntó con la barbilla hacia un restaurante Taco Loco de color rompope.

—Allá.

Sin pestañear, Efrén arrancó a toda velocidad y no se detuvo hasta llegar al letrero de Club Súper. Claro. Tenía perfecto sentido. ¿Adónde más iría amá? Era Soperwoman.

Entretenido y emocionado, Efrén entró corriendo al restaurante. Una señora detrás de un mostrador de mosaico aplanaba bolas de masa en tortillas perfectamente redondas, como hacía su amá en casa.

—Hola, buenos días. ¿Algo de tomar? —la señora ofreció con una cálida sonrisa.

—No, gracias —respondió Efrén, buscando a su amá entre las sillas rojas y mesas de Coca Cola—. Estoy buscando a alguien.

—Espera… ¿eres Efrén? —ella preguntó.

Efrén arrugó la frente.

—Sí. Pero, ¿cómo…?

—Tu madre me contó sobre ti. Bajó al Arco a buscarte. Me hizo prometer que te avisaría si llegabas.

Corrió calle abajo tan rápido como sus piernas se lo permitieron. Se precipitó directamente hacia la enorme estructura, casi sin aliento.

—¡Efrén!

Efrén se volteó y vio a su amá, que ya corría en su dirección.

—¡Amá!

Antes de que pudiera pronunciar otra palabra, su amá lo abrazó y lo levantó del suelo como siempre hacía cuando estaba más chiquito.

Efrén cerró los ojos, riéndose feliz mientras su amá le cubría la cara de besos.

Su madre se le aferró por unos segundos más antes de soltarlo. Su mirada se desplazó hacia Lalo, que ahora se les había acercado con las manos en los bolsillos, sonriendo.

Efrén lo señaló.

—Amá, este es mi amigo, Lalo. Me ayudó a llegar.

Ella tomó la mano de Lalo entre las suyas.

—Gracias. Estaba tan preocupada de que le hubiera pasado algo.

—No a este chamaco. Es demasiado listo.

La madre de Efrén sonrió y señaló el restaurante.

—¿Le gustaría comer con nosotros?

Efrén le inclinó la cabeza a Lalo, quien aceptó. Efrén y su amá se sentaron juntos en el mismo lado de la mesa.

—Guadalupe —dijo la madre de Efrén—. ¿Podrías tomar nuestra orden, por favor?

La señora dejó la masa y se limpió las manos en el delantal antes de acercarse con un tazón de totopos y salsa.

Lalo probó la salsa con los totopos calientitos y se entusiasmó con todo el menú. Juró que la madre de Efrén había encontrado uno de los mejores lugares de todo Tijuana. Luego le preguntó dónde se hospedaba y si le gustaba la ciudad.

La madre de Efrén parecía todavía más cansada de lo normal, pero seguía sonriendo, incluso mientras repasaba los detalles de su deportación. Para cuando Guadalupe trajo la bandeja de tacos cubiertos con salsa verde junto con nopales asados y cebolla verde, el tema había cambiado a los coyotes y los peligros de cruzar la frontera.

—A mí me abandonaron dos veces —dijo Lalo, exprimiendo medio limón en cada uno de sus tacos—. Luego gasté cuatro mil en unos papeles falsos, pero terminé arrestado y mandado de vuelta. Y las cosas son diferentes. Incluso cuando mi hija tenga la edad suficiente para presentar una petición en mi nombre, nunca me darán permiso. No con mi récord.

Se quedó mirando su comida como si le diera vergüenza mirar a los ojos a la madre de Efrén.

Hubo un momento incómodo y lo único que pudo hacer Efrén fue revolver el popote en su refresco Jarritos.

—Pero hay otros que pueden ayudarme a cruzar la línea, ¿verdad? —preguntó su amá, sus palabras casi suplicantes.

—Sí —respondió Lalo—. Esas ondas burocráticas las hacen grupos organizados. Pero es bien caro.

Efrén metió la mano debajo de su camisa y le entregó a su amá todo el dinero.

—Hablando de dinero... aquí tienes. Son casi mil trescientos.

Lalo miró a Efrén y luego a su amá.

—Por la línea estamos hablando de diez a quince mil dólares. Sin garantía.

Los ojos de la madre de Efrén se llenaron de lágrimas, incluso mientras forzaba una sonrisa.

—Así que todo lo que necesitamos ahora es de nueve a catorce mil más.

—Como le dije a Efrén, sé lo que es estar separado de la familia. No se preocupe, la voy a ayudar. He ido haciendo unas conexiones interesantes con el pasar de los años. Puedo encontrarle algo, pero con esta cantidad de dinero —sacudió la cabeza— no será por la línea de aduanas. ¿Está bien con eso?

La madre de Efrén asintió nerviosa.

—Okey. Déjeme ver qué le puedo arreglar.

—Sí, por favor —intervino Efrén.

Lalo tomó un último bocado y sacó su teléfono antes de levantarse de la mesa con una disculpa.

La madre de Efrén acercó su silla a su hijo y puso sus manos sobre las de él.

—Oh, mijo... dime. ¿Cómo siguen los gemelos? ¿Max se está portando bien?

Efrén sonrió y asintió.

—Sí, amá. Ambos están bien. Preguntan por ti, mucho.

Ella apoyó la palma de la mano sobre su corazón.

—¿Y tu apá? Me preocupo mucho por él. Es exactamente como tú. —Tomó su dedo índice y lo pasó por la nariz de Efrén—. Bien guapos, los dos.

Efrén se sonrojó.

—Él está bien. —Por mucho que hubiera querido, no mencionó que su apá había tomado un trabajo extra ni que se había lastimado la mano, ni tampoco que no había dormido mucho desde que se la llevaron.

Su amá se le quedaba viendo de la misma manera que lo hacía cada vez que él traía a casa calificaciones perfectas o aquel pisapapeles chueco que no le había hecho falta, ya que no tenía un escritorio.

—¿Y tú, mijo? ¿Cómo sigues?

Efrén se encogió de hombros.

—Bien, supongo.

—Sé que todo esto ha sido increíblemente duro para ti —dijo su amá—. Tener que cuidar a tus hermanos, especialmente a Max, no es fácil. Créeme, lo sé. Pero como tu apá, nunca te quejas. Solo haces lo que hay que hacer… sea justo para ti o no.

Efrén parpadeó más rápido y trató de respirar por la nariz, cualquier cosa para evitar llorar. Pero cuando su amá le agarró las manos y se las besó, no pudo contenerse.

Los dos se reían mientras se secaban las lágrimas.

—Míranos —dijo su amá—, un par de chillones.

Lalo volvió a la mesa, metiéndose el teléfono en el bolsillo.

—Todo está listo. Mañana por la madrugada. A las 4 en punto.

La madre de Efrén tragó saliva, compartiendo una sonrisa nerviosa con su hijo.

Efrén saltó de la silla de plástico y abrazó a Lalo, quien incómodo le devolvió el abrazo.

—Pero va a ser a través de las colinas —dijo—. ¿Está bien?

—¿Las colinas? Será fácil. —Amá volteó hacia Efrén y sonrió—. ¿Alguna vez te conté cómo llegué a California la primera vez?

Efrén negó con la cabeza.

Su amá soltó una risita como siempre hacía cuando contaba una de sus historias sobre su vida en México.

—Llegué a los EE. UU. sentada en una motocicleta

con un calorón de ciento cinco grados Fahrenheit —hizo un gesto hacia su vientre—, y tenía siete meses de embarazo.

Los ojos de Efrén casi se le salieron de las órbitas.

—¿Conmigo?

La sonrisa de su amá se torció hacia un lado, al igual que la de Efrén.

—Sí. En serio. No es broma. La camioneta que me iba a llevar se sobrecalentó. Estábamos prácticamente atrapados en medio del desierto sin comida ni agua.

—No puede ser —dijo Efrén incrédulo.

—Sí, mijo. Eras un auténtico macetón. Tenías la cabeza como una sandía. Pero las cosas se acomodaron. Uno de los vigías, un tipo en moto, terminó llevándome. —Su amá volvió a reírse—. Imagíname en una Harley-Davidson, luciendo una enorme panzota. Haz de cuenta que me había tragado una pelota de playa.

Efrén negó con la cabeza.

—No puedo creer que apá lo haya aceptado.

—Él no sabía. Pero —esta vez, su amá soltó una carcajada—, hubieras visto su cara cuando me vio llegar así al punto de entrega. Sé que suena como una locura, pero ¿qué opción tenía?

Efrén miró a Lalo.

—¿Mi amá estará a salvo?

—Mi amigo prometió que la cuidaría. Confío en él.

La madre de Efrén levantó su vaso, su sonrisa ahora un poco más cómoda.

—Por un regreso seguro a Estados Unidos.

Lalo y Efrén sujetaron sus refrescos.

—Y por Lalo —agregó su amá—, nuestro ángel de la guarda.

CAPÍTULO 15

Tal como prometió, Lalo llevó a Efrén al puerto de entrada de San Ysidro, el mismo lugar donde se conocieron. Efrén no podía entender por qué su amá se volvió a poner tan sentimental. Después de todo, la vería en casa al día siguiente.

—Ay, amá —dijo Efrén, quejándose mientras le volvía a besar toda la cara—. Me tengo que ir. Apá ha de estar preocupado. Tenía que haber regresado hace horas.

Finalmente, Efrén se tuvo que apartar.

—Te veo mañana. ¿Está bien, amá?

Su amá se secó las lágrimas y asintió, no sin antes bendecirlo y darle otra ronda de besos.

Efrén se volvió hacia Lalo y le extendió la mano.

Pero Lalo no se la tomó. Dio un paso hacia adelante y lo abrazó con fuerza.

—¿Qué pasa con ustedes dos? ¿Por qué tanto abrazo? —dijo Efrén.

Todos se rieron, incluso Efrén.

Con una sonrisa triste, Lalo levantó su brazo tatuado y saludó. Efrén pensó en cómo casi lo había sacado la vuelta por su apariencia. "Si no hubiera conocido a Lalo y esos hombres me hubieran alcanzado...". Efrén prefería no imaginárselo.

Había tenido suerte, mucha suerte, de haber conocido a alguien como Lalo. Cómo deseaba Efrén poder hacer algo para ayudar a su nuevo amigo, para darle la segunda oportunidad que tanto se merecía. Pero por ahora, Efrén tenía que volver con su apá, con Max y Mía también, y preparar todo para el regreso de su amá a casa.

Se despidió de Lalo con la mano, moviendo el brazo de un lado a otro lo más que pudo. Luego entró en el corredor de cemento que conducía de regreso a los Estados Unidos. Desvió la mirada a las cámaras que lo vigilaban fijamente y luego al guardia que llevaba el rifle militar más grande que jamás había visto.

Tantas imágenes lo inundaron: familias de piel morena acercándose a los huecos de una valla construida por Estados Unidos, obligadas a mostrar sus mejores sonrisas; pequeños como Max y Mía trabajando todo el día para ayudar a sus familias con los gastos; gente mayor que vendía artículos hechos a mano en la acera.

Una extraña mezcla de tristeza y orgullo se apoderó de él y, por primera vez en su vida, se sintió conectado con su lado mexicano. Dondequiera que había estado, Efrén había presenciado muestras de valor de personas no diferentes a él que se negaban a rendirse. Sacudió la cabeza, recordando todas las veces que había corregido a Max y Mía por hablar español, insistiendo en que aprendieran el único idioma que importaba. Ahora entendía por qué su amá y apá continuaban hablándoles en español, incluso cuando ellos mismos necesitaban todas las oportunidades posibles para practicar su inglés. Efrén había nacido mexicoamericano. Solo que se había olvidado de la parte mexicana.

"Nunca olvidaré". Jamás.

Efrén se unió al final de una larga fila y esperó en silencio. Miró su identificación, certificado de nacimiento y carta de permiso notariada, con la esperanza de que fueran suficientes para regresar a casa. Cuando llegó su turno, Efrén entregó nerviosamente su papeleo al oficial bigotudo.

—¿Motivo de la visita? —dijo el hombre con un leve acento mexicano.

Efrén entendió que este señor latino simplemente estaba haciendo su trabajo, pero eso no le impidió juzgar su elección de trabajo.

—Para visitar a mi madre —dijo, clavando en el hombre una mirada hostil—. La deportaron.

El oficial bajó los documentos e hizo una pausa, como para encontrar las palabras adecuadas.

—Adelante —dijo al devolverle todo a Efrén.

Efrén sujetó los documentos, pero el oficial no los soltaba.

—Estos formularios —dijo, inclinándose hacia adelante y susurrando—, representan un gran sacrificio de tus padres. Un verdadero regalo. No dejes que se desperdicie. ¿Me entiendes?

Las palabras tomaron a Efrén con la guardia baja, pero entendió exactamente lo que el hombre quería decir.

—Sí. Le entiendo bien.

Y con eso, el oficial lo dejó ir.

—Next!

Efrén se dio prisa en salir del edificio. Así como así, estaba de regreso en los Estados Unidos. Hizo una pausa por un segundo y miró a su alrededor, preguntándose si algún día regresaría a esta tierra de sueños rotos. El oficial de inmigración tenía razón. Le habían dado un verdadero regalo. Uno que le permitía regresar con su apá.

Efrén estudió el flujo de personas y las siguió hasta que vio el tranvía rojo más adelante. Al otro lado, vio a su apá, paseando inquieto por la acera con su sudadera negra.

Su apá levantó la vista y suspiró aliviado, luego se volteó y se subió a su camioneta.

Efrén corrió y se metió del lado del pasajero. Antes de que pudiera decir una palabra, su apá se acercó y lo abrazó muy apretado como lo acababa de hacer su amá.

—Mijo, estaba tan preocupado. ¿Por qué te tardaste tanto?

—Me perdí un poco —dijo Efrén, todavía envuelto en los brazos de su apá—. Pero encontré a amá y le di el dinero. Y adivina qué… va a cruzar mañana por la madrugada. Con el mejor coyote de la ciudad.

El padre de Efrén soltó a su hijo.

—¿En serio? ¿Mañana? —Sus labios esbozaron una sonrisa. Despeinó el cabello de Efrén con un gesto juguetón—. Hiciste bien, mijo. Estoy tan orgulloso de ti.

Efrén le devolvió la sonrisa.

—Ni te imaginas lo cerca que estuve de cruzar y buscarte. Lo juro... si no hubiera sido por Max y Mía, lo habría intentado.

—No, pues sí —dijo Efrén—, te creo.

Durante el largo viaje de regreso, Efrén se tomó el tiempo para responder a todas las preguntas de su apá. Por supuesto, había muchos detalles que Efrén decidió omitir. Era mejor que su apá creyera que el mandado había sido pan comido.

Si bien le dolió mentirle a su apá, Efrén no vio el sentido de molestarlo. Al enterarse de que amá regresaría pronto, apá se mostraba feliz y lleno de vida. Efrén se recostó en su asiento, mientras su apá encendió la radio y empezó a cantar. Para Efrén, fue como echar un pequeño vistazo a cómo debió haber sido su apá cuando era más joven. Su amá siempre contaba historias sobre cosas escandalosas que hacía cuando se conocieron por primera vez. Cómo se escapaba del rancho de sus padres durante semanas, apareciendo en ciudades cercanas, buscando trabajos que hicieran uso de su cerebro, no de sus manos.

—¿Puedo hacerte una pregunta? —dijo Efrén, sus ojos todavía mirando por la ventanilla.

—Sí, claro —respondió su apá mientras meneaba la cabeza al ritmo de la música.

—¿Por qué se fueron tú y amá de México en primer lugar? Parecen tener tantos buenos recuerdos de la vida allá.

Su apá bajó el volumen.

—Es una larga historia, mijo.

—No importa —dijo Efrén—. Es un viaje largo a casa.

Su apá se rio, apagando la radio por completo.

—Bueno, acababa de convertirme en teniente en la Ciudad de México... el teniente más joven en ese momento.

Efrén podía sentir el orgullo en las palabras de su apá.

—Pero luego, los carteles comenzaron a reunir más y más poder. Pronto el propio gobierno se volvió corrupto, los políticos bien chuecos. Muchos de mis propios hombres comenzaron a aceptar mordidas a cambio de pequeños favores. Pero esos favores se hicieron más y más grandes. Un día, pasaron unos hombres de un maldito cartel. Querían ayuda para liberar a algunos de sus hombres. Me dieron a elegir. Que los ayudara y recibiera un buen pago o...

Los ojos de Efrén se abrieron.

—¿Qué hiciste?

—Dije que no y traté de mantenerme firme. Pero entonces... Me dijeron que venías en camino. No podía arriesgar tu seguridad ni la de tu amá. Obtuve una visa temporal...

—¡Y mi amá cruzó montada en una moto!

Su apá se rio fuerte.

—¿Ella te contó esa historia?

Efrén respiró profundo.

—Sí, mijo... tenemos muchos buenos recuerdos allá. —Se volteó hacia Efrén—. Pero hemos hecho nuevos recuerdos acá. Tres, para ser específico: tú, Max y Mía. Y nosotros no...

De repente, su rostro se puso pálido.

Efrén levantó la vista y vio un muro de luces de freno rojas delante de ellos. Su apá frenó y luego se movió en su asiento, inclinando la cabeza para ver mejor lo que pasaba adelante mientras el tráfico casi se detenía.

Efrén hizo lo mismo.

—¿Qué pasa si el punto de control está abierto? Y si...

El padre de Efrén apoyó su mano en el hombro de su hijo, aliviando inmediatamente su tensión.

—Tranquilo, mijo. Relájate. Pasaremos bien. Te lo prometo. —Metió la mano en el bolsillo de su camisa y sacó dos chicles—. Ten.

Efrén tomó un chicle con una mirada vacía en los ojos.

—Es difícil parecer nervioso cuando estás masticando chicle. Confía en mí. Es un viejo truco que aprendí hace mucho tiempo cuando era policía.

Efrén sintió que podría necesitar todo el paquete. Sin embargo, se metió el chicle en la boca y empezó a masticar.

—Tú nomás apoya la cabeza contra la ventana. Que te veas realmente aburrido. —Pero era más fácil decirlo que hacerlo.

Su apá siguió estirando el cuello para ver mejor.

—No puedo ver si está abierto o no. Hay demasiados camiones grandes.

Efrén presionó la frente contra la ventanilla y se persignó antes de cerrar los ojos y susurrar una oración rápida. "Por favor, Dios..., que se cierre. Que se cierre".

De pronto sintió la mano de su apá tocándole el hombro.

—Mira. —Señaló hacia adelante y vitoreó con la misma emoción que cuando su equipo del Club América anotaba un gol—. ¡Está cerrado, mijo! ¡Está cerrado!

Efrén abrió los ojos y vio a su apá suspirando profundamente antes de hundirse en su asiento con una sonrisa.

—¿Ves? Te dije que no habría problemas.

Efrén dejó escapar el aliento que no sabía que estaba conteniendo. De nuevo, cerró los ojos. De nuevo, se persignó, esta vez agradeciendo a Dios por todo lo que le había dado:

"Gracias, Dios. Por todo".

"Por mi amá. Por mantenerla a salvo".

"Por mi apá, que nunca se da por vencido con su familia".

"Por Max y por Mía, que me quieren y me hacen sentir que soy importante".

"Por dejarme vivir en los EE. UU.".

"Por dejarme ir a la escuela y no tener que trabajar".

"Por…".

La repentina aceleración del carro rompió sus pensamientos. A Efrén se le revolvió el estómago cuando pasaron de largo por la estación sin personal. El sabor del chicle se había ido y esta vez, dijo en voz alta su agradecimiento:

—Gracias, Diosito.

Miró hacia atrás mientras el carro aceleraba, pensando en lo que podría haber sucedido. Su apá le había dicho que no se preocupara. Que los oficiales de la patrulla fronteriza nada más habrían dejado pasar a su apá junto con el resto del tráfico.

Pero en ese caso, ¿por qué su apá parecía tan preocupado?

CAPÍTULO 16

Efrén estaba feliz de llegar a casa, aunque fuera tan tarde. Lo único que quería era dormir. Pero primero, tenían que pasar por el apartamento de Adela al otro lado de la calle y recoger a los gemelos.

El padre de Efrén intentó darle dinero, pero ella no quiso, diciendo que lo único que quería era que la madre de esos niños regresara pronto.

Max y Mía se habían quedado dormidos en el sofá mientras veían el show de Bob Esponja. Su apá se agachó y levantó a Max, mientras que Efrén tomó a Mía en sus brazos.

A pesar de lo liviana que era su hermana, los brazos de Efrén empezaron a dolerle cuando cruzaron la calle. Su apá se agachó y también la cargó sobre su hombro. Decidido a ayudar, Efrén subió corriendo la escalera y le abrió la puerta a su apá, que ahora se esforzaba con el peso de un gemelo en cada hombro. Max levantó la vista y le guiñó un ojo a Efrén, que lo seguía de cerca. Efrén se echó a reír y también le guiñó un ojo a Max.

Una vez dentro, el padre de Efrén bajó a los peques sobre el colchón con el mismo cuidado que siempre hacía su amá. Incluso besó los mismos puntos en sus frentes. Efrén se contentó pensando que, en algún momento de mañana, el coyote que encontró Lalo estaría devolviendo a su amá a su casa, donde pertenecía. Efrén casi podía sentir sus besos en la cara otra vez.

Demasiado exhausto para desvestirse, se quitó los zapatos y se metió entre sus hermanos.

—Buenas noches, apá —dijo bostezando.

—Buenas noches —dijo su apá apagando la luz.

Efrén se corrió un poco, tratando de evitar el molesto rayo de luna que de alguna manera siempre lograba filtrarse por la persiana rota. Incluso con poca luz, pudo ver a su apá acostado en el colchón a su lado, tapándose con las sábanas y persignándose.

Un pensamiento cruzó la mente de Efrén.

—¿Apá?

—¿Sí, mijo?

—¿Crees que podríamos ir a misa mañana? ¿Contigo?

Su apá se rio quedito.

—Qué curioso, estaba pensando lo mismo. Es lo menos que podemos hacer para dar gracias. Ahora descansa. Te lo has ganado.

Minutos después, justo cuando la mente de Efrén comenzaba a adormecerse, sintió un pie regordete picando un lado de su cara. Pero después de todo lo que acababa de experimentar, ya no le importaba.

A la mañana siguiente, un ruido en la cocina despertó a Efrén. Levantó la cabeza y se frotó los ojos.

"¿Amá?". Por una fracción de segundo, pensó que ella ya había regresado. Pero su mente inmediatamente lo corrigió; era solo su apá, parado frente al zinc de la cocina.

Los domingos por la mañana eran el único día de la semana en que su apá dormía hasta tarde mientras el resto de la familia asistía a la misa de las ocho. Pero no era por falta de fe. No, su apá era muy religioso. Nada más estaba cansado, con falta de sueño por las largas horas que trabajaba. Pero hoy no.

Efrén apartó cuidadosamente la pierna de Max y se dirigió a la cocina.

—Apá, ¿qué haces? —susurró.

—Estoy limpiando.

Efrén se detuvo a pensar. Su apá tenía razón. El apartamento era un desastre. No era justo que su amá volviera a casa y se lo encontrara así. No después de todo lo que había pasado.

Puede que no fuera capaz de preparar sopes humeantes, pero podía limpiar una cocina con la misma velocidad y precisión que su amá.

—Será más rápido si ayudo —dijo Efrén.

Su apá le lanzó una sonrisa antes de arrojarle un trapo.

Limpiar una cocina tan pequeña no tomó mucho tiempo, sobre todo porque Max y Mía seguían dormidos y no corriendo por todas partes, para "ayudar".

Efrén guardaba el último plato en el gabinete cuando sonó el teléfono.

Sin esperar un segundo timbre, su apá casi voló hacia el teléfono.

—Sí, ¿bueno?

El momento estaba cerca. Efrén se acercó, tratando de escuchar.

—¿Es ella?

Su apá asintió, todavía escuchando con atención. Las palabras llegaban amortiguadas, pero la emoción en la voz era clara como el agua. Efrén se persignó y apoyó la cabeza en sus manos apretadas.

De repente, el rostro de su apá se iluminó y Efrén supo que la noticia era buena.

—¡Ya cruzó! —Dejó el teléfono a un lado y gritó—. ¡Está de este lado! En San Diego. ¡Viene camino a casa!

Una sensación de alegría recorrió cada centímetro del cuerpo de Efrén. Corrió hacia Max y Mía.

—Despiértense. Amá vuelve a casa. ¡Hoy!

Max nunca antes se había levantado de la cama tan rápido.

—¿Amá? —Las lágrimas corrían por sus mejillas redondas cuando saltó para abrazar como koala a Efrén, quien a su vez lo levantó y lo apretó antes de dar vueltas de alegría.

—¿Estás seguro? —preguntó la voz suave de Mía.

Efrén bajó a su hermanito y se arrodilló a su lado.

—Sí, Mía. Lo prometo. Esta vez es de verdad.

Una sonrisa, una sonrisa muy especial, cubrió ahora su carita.

—¡Su amá vuelve a casa! —Esta vez, era su apá que

gritaba a todo pulmón—: ¡Ya vuelve a casa!

Y con eso, Max se aventó sobre el colchón e hizo la voltereta más espectacular que nadie le había visto hacer jamás. Efrén y su apá se miraron y asintieron al mismo tiempo. En pocos momentos, toda la familia estaba saltando sobre los colchones, incluido su apá.

Max y Mía desfilaron por la habitación con su mejor ropa dominguera recién planchadita. Su apá se les quedaba viendo, luciendo inconforme.

Efrén echó una mirada a la raya chueca de los pantalones de Max.

—Eh, no se ve tan mal. Cuando menos no los quemaste.

Mía dio una vuelta, haciendo girar la falda de encaje de su vestido.

—Creo que mi vestido se ve hermoso.

—Así es, mija —dijo su apá—. Bien bonito... pero un poco cortito. Será mejor que te pongas unos shorts también.

Su apá se fijó nuevamente en los pantalones apretados de Max.

—Ay, mira no más. My little muffin boy. —Intentó meter un dedo en la cintura. Pero cuando no pudo, simplemente se frotó la barbilla, pensando.

Efrén se acercó para echar un vistazo.

—Amá siempre mueve el botón o le cose más tela.

"Más milagros".

—Bueno, ¿qué tal esto? —Su apá fue a la cocina y sacó el kit de velcro que su amá a veces usaba para colgar cuadros. Desabotonó el pantalón de Max y usó el velcro para abrocharlo de nuevo—. Ya está. Nadie lo sabrá jamás —dijo, dándole a Max una suave palmada en las pompis.

Efrén señaló el reloj del microondas.

—Apá, hay que darnos prisa.

Su apá consultó su reloj.

—Bueno, chamacos... ¿Por qué no van ustedes dos a cepillarse los dientes y peinarse mientras Efrén y yo apilamos los colchones y hacemos que este lugar se vea bien para tu amá? Y Max —se giró a la derecha hacia él—, solo un poco de gel Moco de Gorila en tu cabello.

Max sonrió y sacudió la cabeza con fuerza como si fuera un sonajero.

Su apá miró con la frente arrugada mientras el par corría hacia el baño.

Efrén conocía bien esa mirada.

—¿Qué pasa?

—Nada.

—¿Apá? —Ladeó la cabeza y lo miró.

—Es solo que —dijo su apá suspirando— ustedes se merecen mucho más que esto. Pobrecitos: la ropa apenas les queda. Y tú. Perdón, mijo.

Efrén bajó la vista a su camisa percudida y sus pantalones azul marino remendados.

—¿Perdón por qué? —preguntó.

Su apá miró fijamente los colchones en el suelo.

—Por todo esto —dijo, señalando todo el apartamento—. Por fallarte a ti y a tus hermanitos. Ustedes no deberían vivir de esta manera. Un muchacho como tú debería tener su propia recámara. —Bajó la vista a los colchones en el suelo antes de darle al más cercano una buena y fuerte patada—. O, al menos, una cama de verdad.

—Apá, las camas están sobrevaloradas. No necesito un chorro de cosas lujosas para ser feliz. Tengo mi familia. Bueno, para esta noche la tendré. Y es más de lo que mucha gente tiene. Créeme.

—Eres un muchacho increíble. Lo sabes, ¿verdad?

Efrén sonrió de oreja a oreja.

—Solo trato de imitarte a ti y a mi amá.

La misa se sintió un poco más especial que de costumbre. Antes incluso de que comenzara, el padre de Efrén se arrodilló, apretó las manos con fuerza y cerró los ojos. Sin perder el ritmo, Max y Mía se arrodillaron junto a Efrén, sin duda rezando por lo mismo.

Al final de la misa, el padre Octavo anunció la recaudación de fondos por la venta de pancakes que se llevaría a cabo en el patio. Cuando salieron, el padre de Efrén sacó unos cuantos billetes de a dólar de su cartera y los contó. Era todo lo que le quedaba después de dar ofrenda durante la misa. Su apá pidió dos comidas, haciendo un total de seis pancakes, cuatro tiras de tocino, cuatro salchichas y un montón de huevos revueltos para compartir.

Después de ver a Max devorar las sobras de todos, la familia regresó a casa. En lo único que Efrén podía pensar era en prepararse para el regreso de su amá. Había mucho que hacer. Primero, recoger las mejores rosas de la rosaleda del complejo de apartamentos. Efrén, Max y Mía recogieron rosas de diferentes colores; Efrén prefirió el color rosa, mientras que Mía y Max se conformaron con cualquier tono que pudieran alcanzar.

Se detuvieron en los árboles frutales para comprar algunas delicias para llevar a casa e hicieron una parada rápida en la tienda 99 Cents. Efrén había llenado un bolsillo con pesetas para la lavandería, y compró dos globos impresos con "bienvenida a casa" para su amá, que por supuesto, tanto Max como Mía querían llevar de regreso al apartamento.

Los globos llamaron la atención de todo el barrio. Todos los que pasaban se detenían para preguntar si su amá regresaba.

—¿En serio?

—¡Ay, qué bueno!

Los gritos de apoyo se escuchaban por todas partes. Pronto, todas las mujeres que Efrén había visto en la lavandería llegaron al apartamento con un plato de bienvenida en la mano: taquitos fritos, tostadas, elotes, mole, enchiladas, flan, pastel de zanahoria, casi todo lo que uno pudiera imaginarse.

Efrén no podía creer cuántas personas habían logrado meter en el apartamento. Parecía que todos querían estar allí cuando su amá volviera. Pero a medida que pasaba el tiempo, la preocupación se hizo sentir.

—No se preocupen de nada. Ese tráfico es maldito —dijo don Ricardo con una mancha de guacamole en el borde del bigote. Y tenía razón. La carretera I-5 era horrible. Probablemente la madre de Efrén solo estaba atrapada en el tráfico.

Pero pronto, la una de la tarde dio paso a las dos, y cuando la comida se enfrió, la gente comenzó a quedarse sin excusas. Especialmente Efrén.

Para las cuatro, el apartamento se había vaciado de todos los invitados. Efrén no podía soportar la idea de malas noticias y evitó mirar a su apá, eligiendo en su lugar clavar la vista en la comida casi intacta que cubría toda la barra de la cocina de su amá.

Finalmente, sonó el teléfono. Su apá se apresuró a contestar, seguido de cerca por Max y Mía.

Efrén estudió el rostro de su apá en busca de alguna señal de buenas noticias.

Pero lo que vio en cambio fue cómo se le descompuso la cara de su padre, cómo se le cayeron los hombros, cómo se cerraron sus ojos. La noticia era mala. Muy mala.

CAPÍTULO 17

El padre de Efrén no dijo mucho después de colgar el teléfono. Simplemente se quedó inmóvil; su respiración sonaba como si tuviera un peso terrible en el pecho. Con lágrimas en los ojos, finalmente tosió para aclararse la garganta.

Efrén se preparó para la noticia.

Sólo que su apá no dijo nada. No pudo

Había tantos pensamientos, tantos presentimientos dando vueltas en la cabeza de Efrén, algunos tan horribles que no podía soportar más el silencio.

—¿Se encuentra bien? —preguntó finalmente.

Su apá se acercó más a Efrén, para que Max y Mía no oyeran.

—Está a salvo —dijo, su voz espesa y amortiguada—.

Pero la camioneta en la que iba fue detenida en el punto de control de San Clemente. Está en un centro de detención.

Efrén estaba a punto de hacer una pregunta cuando sintió un tirón en el bolsillo del pantalón. Era Max, que se le quedaba viendo, sus grandes ojos cobrizos brillando con esperanza.

—¿Ya casi llega mi amá?

Mía se apresuró a su lado para escuchar la respuesta.

A Efrén se le hinchó la garganta y se sentía más asfixiado que nunca en su vida. Su imaginación brincó hacia adelante y hacia atrás en el tiempo a la misma vez. Pensó en Lalo, viendo crecer a su hija detrás de una valla, e imaginó a Max y Mía, tratando de pasar sus bracitos a través de esa misma valla, solo para volver a tocar la mano de su amá.

Efrén esquivó sus ojos lagrimosos y contuvo el aliento. Quería ser fuerte, quería armarse de valor, por Max, por Mía. Pero no pudo encontrar la fuerza.

Fue entonces cuando su apá se arrodilló, apoyando primero una mano suave en el hombro de Max, luego otra en el de Mía.

—Hijos, su amá los quiere a los dos —volteó brevemente hacia Efrén, corrigiéndose— a ustedes tres. Hará todo lo posible para volver a casa con ustedes. Y yo haré todo lo posible para traérsela de regreso. Nunca nos rendiremos. Nunca. Eso es lo que puedo prometerles. Pero no... no vendrá a casa esta noche. No vendrá a casa mañana. Para serles sincero —su voz se quebró a mitad de la oración—, no volverá a casa por un buen rato más.

Después de quedarse sentado en el comedor, callado, su apá finalmente levantó el pastel de zanahoria y lo llevó a los colchones.

—No sé ustedes, pero yo me voy a sentar aquí, ver unas caricaturas y comerme este pastel. ¿Alguien quiere acompañarme?

Efrén volteó hacia Max, quien luego volteó hacia Mía, que estaba sentada en silencio, todavía con el ceño fruncido.

Su apá levantó la mano y meneó los dedos.

—¿Qué tal unos piojitos?

Max levantó la cabeza. Le encantaban las caricias piojitos, pero Efrén no estaba seguro de que las aceptaría de su apá. Después de todo, eran la especialidad de su amá.

Aun así, Max cedió. Tomó su tenedor y se sentó junto a apá, quien inmediatamente comenzó a rascar la cabeza de Max en pequeños círculos tipo amá.

—¿Mía? —Efrén levantó las manos también y meneó los dedos hacia ella—. Han sido entrenados por la mejor —dijo con tono cantadito.

Mía miró a Max, que ahora estaba acostado en las piernas de su apá con la boca llena de pastel.

—Okey. Pero no esperes que me guste.

No pasó mucho tiempo, solo tres episodios de Bob Esponja, para que los gemelos finalmente se quedaran dormidos. El padre de Efrén usó una toalla para limpiar las manchas de betún que pudo encontrar en las sábanas.

Él y Efrén se dirigieron a la cocina, donde la mayor parte de la comida estaba intacta.

—Qué desperdicio, ¿eh, apá?

Su apá no contestó. Su mente parecía estar ocupada en algo mucho más apremiante.

—Mijo, no tengo derecho a pedirte esto, porque se supone que es mi trabajo, pero ¿podrías seguir llevando a los gemelos a la escuela y recogiéndolos?

Efrén bajó la cabeza.

—¿Apá? Vamos a intentarlo otra vez, ¿verdad? ¿Quizás con un coyote diferente? Puedo empezar a recolectar botellas de agua y llevarlas al centro de reciclaje. Tal vez pueda...

—Mijo —interrumpió su apá, con los ojos más rojos que le había visto Efrén—. A tu amá la tienen detenida. No sé qué va a pasar.

Efrén estaba perturbado hasta el fondo de su alma.

—¿Así que ni modo? ¿No lo vamos a intentar otra vez?

Con una mano ligera, el padre de Efrén levantó la barbilla de su hijo.

—Mírame, mijo. Te juro que no me voy a rendir. Voy a luchar por tu madre. Es una promesa. ¿Entiendes?

Las emociones de Efrén finalmente se soltaron.

—¿Y qué se supone que debemos hacer sin ella?

—Sobrevivir. Es todo lo que podemos hacer.

"Sobrevivir". Un eco de las palabras de Lalo. Solo que ahora, tenía menos sentido.

—¿Qué pasa si no quiero solo sobrevivir? ¿Qué pasa si quiero ser egoísta? Apá, no estoy pidiendo una casa enorme con alberca ni juguetes lujosos. Solo pido que me devuelvan a mi amá. Es todo. ¿Por qué? —preguntó entre sollozos e hipo—. ¿Por qué no puedo tener eso?

Su apá lo rodeó con el brazo.

—Ya sé, mijo. No es justo. Ya sé.

CAPÍTULO 18

Una vez más, la luz del sol matutino atravesó las persianas rotas y le dio en la cara de Efrén. Y una vez más, Efrén volteó a ver un colchón vacío junto al suyo. Se levantó y se dirigió a la barra de la cocina donde aún estaba la comida, que no cabía en el refri. La mayoría de los platos se habían hecho usando recetas que su amá había compartido con las mujeres en la lavandería, por lo que, en cierto modo, tener la comida fue como tener un pedazo de ella en casa también.

La mente de Efrén regresó a cuando se había despedido de su amá.

Era una mujer sentimental: no había dejado de sostener y apretar su mano. Efrén no había entendido. Había supuesto que volvería a verla al día siguiente.

Si tan solo hubiera sabido lo que estaba por pasar, habría dejado que lo abrazara todo el tiempo y con tanta fuerza como quisiera. No le habría importado que lo asfixiara con interminables besos por toda la cara. De hecho, la habría envuelto en sus brazos y nunca la habría soltado.

Pero ahora tenía trabajo que hacer.

Alistar a los gemelos salió bien. No dijo mucho. Ellos tampoco. No fue hasta que llegaron a la escuela y vieron a la Sra. Solomon en el patio de recreo que finalmente se derrumbaron.

Sin previo aviso, Max corrió al lado de su maestra y le dio el más grande de los abrazos.

La Sra. Solomon volteó y se agachó para saludarlo. Pero cuando vio que Max no la soltaba, su sonrisa se suavizó y miró hacia Efrén, quien aún cargaba a Mía al camachito.

—Vaya, no estoy segura de merecer tanto amor —bromeó.

Efrén bajó a Mía, pero ella se aferró a su pierna y no lo quiso soltar.

—Mira, Mía, tu columpio favorito está libre. Córrele, antes de que alguien te lo gane.

Pero Mía no se movía.

—Efrén, ¿está todo bien? —preguntó la Sra. Solomon.

Efrén se tomó un momento para armarse de valor antes de finalmente mirarla. Ya no tenía la fuerza para mantener el secreto embotellado en su interior.

—Lo del trabajo no se dio. Mi madre… mi amá —sus ojos se clavaron de nuevo en el suelo— fue deportada y luego arrestada por tratar de volver a casa. No sabemos si va a poder volver.

La Sra. Solomon se quedó de piedra.

—Oh, Dios mío. —Se arrodilló y estrechó a Max con mucha fuerza. Mía soltó a Efrén y se sumó al abrazo.

Efrén se les quedó viendo, deseando ser más pequeño, deseando poder también…

Pero antes de que pudiera terminar el pensamiento, la Sra. Solomon se levantó y lo abrazó de la misma manera que habría hecho su amá de haber podido estar en persona.

La Sra. Solomon llevó a los gemelos a su salón de clases y prometió vigilarlos de cerca todo el día. Ahora Efrén podía preocuparse por sí mismo.

La política tenía la culpa de que se llevaran a su amá, por lo que no quería tener nada más que ver con la campaña. El primer paso sería escribir una carta de renuncia a la Sra. Salas, haciéndole saber que se retiraría de la elección.

El segundo paso sería simplemente pasar el día escolar sin desmoronarse. Evitar a David sería la clave.

Efrén llegó a la escuela con mucho tiempo antes del primer período. Como no quería encontrarse con David, se sentó junto a la escalera de la biblioteca, el último lugar donde David se encontraría. Rápidamente, escribió su carta para la Sra. Salas. No entró en detalles, solo dijo que ya no estaba interesado en postularse. Luego, metió la mano en su mochila y sacó el ejemplar de *La casa en Mango Street*.

"Jennifer tenía razón. Este libro es especial". Efrén sabía exactamente cómo se sentía el personaje de Esperanza. Ella quería dejar la calle Mango atrás tanto como él ahora quería abandonar su pequeño apartamento en la calle Highland. Si pudiera, cambiaría todo en su vida. Especialmente esa parte de ser hijo de padres indocumentados.

Efrén se concentró en cada palabra.
"Te guste o no, eres de la calle Mango, y algún día volverás también".
"Yo no. No hasta que alguien la mejore".

Las líneas lo atraparon, especialmente la palabra "alguien". Una cosa era segura, ese alguien no iba a ser él.

Afortunadamente para Efrén, la campana de la escuela sonó justo cuando terminaba la última página. Se levantó y pensó en devolver el libro, pero terminó guardándolo en su mochila para leerlo todo de nuevo más tarde.

Caminó rápido y sin rodeos a su clase del primer período. Efectivamente, el Sr. Garrett estaba parado junto a la puerta, chocando una vez más los cinco con los estudiantes que venían entrando. Efrén le dirigió una sonrisa forzada. Más tarde le contaría lo que había sucedido.

Efrén se hundió en su asiento, asegurándose de acomodar su cuerpo para no tener que ver a David. Sacó su agenda y se quedó mirando la sección del calendario. No podía pensar en nada que valiera la pena anotar.

Buscó entre las páginas fechas importantes. Elecciones escolares, pruebas de básket, incluso las próximas vacaciones de invierno, pero ya nada tenía sentido. Cerró su agenda y se quedó mirando una mancha negra en la cubierta.

De repente, la puerta se abrió: el Sr. Garrett ya había comenzado la clase. Alguien llegaba tarde. Efrén volteó para echar un vistazo disimulado.

Sus ojos se agrandaron. "¿Jennifer?".

—¡Jennifer! —exclamó.

Toda la clase volteó para ver. Han se acercó corriendo para darle a Jennifer un gran abrazo.

—Srta Huertas —dijo el Sr. Garrett, con la voz llena de esperanza—. ¿Significa esto que se unirá a nosotros de nuevo?

Jennifer esbozó una amplia sonrisa y asintió.

Efrén observó cómo Han guiaba a Jennifer hasta su antiguo pupitre. Quería ir a saludarla y preguntarle cómo se las había arreglado para regresar. Entonces, cuando el Sr. Garrett les ofreció la oportunidad de emparejarse con un compañero para la lección, Efrén salió disparado de su asiento y saltó sobre dos filas de pupitres, para llegar a Jennifer antes que Han.

Esto hizo reír a Jennifer. Volteó hacia Han.

—¿No te molesta?

Han miró a Efrén con recelo.

—No. Adelante.

Efrén tomó asiento junto a Jennifer mientras el Sr.

Garrett agregaba instrucciones de último momento en el pizarrón blanco sobre cómo grabar un podcast para la tarea.

—Entonces —comenzó Efrén—, ¿cómo hiciste para regresar?

Jennifer se inclinó hacia adelante.

—La Sra. Salas. Le envié un correo electrónico para decirle que me retiraba de la campaña. Terminamos escribiéndonos varias veces. Investigó un poco y luego le habló a mi mamá. Le contó sobre el programa Fair Tomorrow que ayuda a los niños de comunidades de color a ingresar a internados privados en todo el país para estudiar la preparatoria. La Sra. Salas me va a ayudar a llenar la solicitud. Oye, tal vez deberías intentarlo también. Apuesto a que te aceptarían.

Efrén negó con la cabeza. En ausencia de su amá, no había forma de que pudiera abandonar a Max o Mía.

—Nel. No es para mí. —Miró de reojo para comprobar que el Sr. Garrett seguía escribiendo en el pizarrón blanco—. ¿Dónde te estás quedando?

—La Sra. Salas convenció a mi mamá para que me dejara quedarme con ella hasta que el programa me encontrara un lugar. Técnicamente, es mi madre adoptiva temporal. My foster parent.

—Wow. La Sra. Salas realmente te dio la mano, ¿eh?

—Así es. Es súper linda, pero todavía me estoy acostumbrando a vivir con ella.

—¿Y entonces? —preguntó Efrén—. ¿Significa esto que todavía te postulas para presidente?

Jennifer negó con la cabeza.

—No puedo. Tengo que concentrarme en mi solicitud. Tengo que prepararme para el examen de ingreso, practicar para mis entrevistas y ponerme al corriente con la tarea de todas mis clases. Además, vi tus cartelones en los pasillos. —Le echó un vistazo a David—. ¿Cómo se lo está tomando?

Efrén bajó la cabeza.

—No muy bien que digamos. Ya no somos amigos. Eso lo dejó muy claro.

Jennifer se tapó la boca.

—Lo siento mucho. Nunca quise presionarte.

—No. No es tu culpa.

—Bueno —dijo Jennifer—, me alegro de que hayas decidido postularte.

Efrén se mordió el labio.

—Me postulé, sí. Pero ahora he decidido dejar la campaña. Es demasiado para mí en este momento también. —Se palmeó el bolsillo de su suéter—. Solo necesito entregar mi renuncia.

—Oh —dijo ella decepcionada.

El Sr. Garrett se encaminó hacia Jennifer.

—Hola, Srta. Huertas. Solo quería que supiera que es un verdadero gusto tenerla de vuelta.

—Gracias. También estoy contenta de estar de vuelta.

—Qué bien. Pero es mejor que ustedes dos comiencen a trabajar. Pueden ponerse al día más tarde.

—Sí, Sr. Garrett —respondieron ambos al mismo tiempo.

Más tarde, cuando sonó la campana, Efrén vio un borrón de amarillo y azul, los colores favoritos de David, que velozmente pasó de largo. Efrén dejó escapar un suspiro mientras esperaba que Jennifer y Han recogieran sus cosas.

Los tres abandonaron el salón y se dirigieron al pasillo principal.

—Por cierto —dijo Jennifer—, ese cartelón junto al bebedero es mi favorito.

—El mío también —agregó Han.

Efrén se sonrojó.

—Oh, ese es el de mi hermano menor. Tenía buenas intenciones.

—Pues —dijo Jennifer—, creo que es adorable.
—Jennifer se dirigió hasta donde Max había colocado el cartelón. Solo cuando llegó, era obvio que algo andaba mal. Se quedó congelada como si hubiera visto un fantasma.

Un muchacho se detuvo a su lado. Luego otro. Cada uno igualmente con los ojos abiertos de par en par. Efrén se acercó mientras los muchachos seguían amontonándose. No podía creer lo que veía.

DEPORTAR A
EFRÉN NAVA ~~PARA T~~
NO RESIDENTE ~~ESCOLAR~~
"EL CAMBIO QUE QUIERES VER"

Jennifer negó con la cabeza.
—Lo siento mucho, Efrén. No puedo imaginar cómo podrían hacer algo así.

De repente, Efrén escuchó que alguien le hablaba. Era Abraham que corría hacia él. Por supuesto. Nunca pasaba nada en la escuela sin que Abraham se enterara.

—Ef-Efrén. —Abraham luchó por recuperar el aliento—. Ya sacó el cobre el mentado Periquito Blanco.

—¿De qué hablas? —preguntó Efrén.

—Nuestro guardia de seguridad, Rabbit, pescó a

David alterando tus cartelones. Lo llevó a la dirección.

Efrén no sabía qué decir. Había visto los grafitis que dejaban de vez en cuando en la pared de su apartamento. También había presenciado ese vandalismo cuando se asomaba por la ventana, esperando que su amá llegara a casa tarde algunas noches. Incluso se había topado con unos muchachos de la prepa pintando paredes de camino a la escuela. Pero esto era diferente. Bien diferente.

Era David, haciendo horribles comentarios sobre él. Sobre su familia. Sobre las familias latinas de todas partes. Aunque su amistad había terminado, nunca se hubiera imaginado que David sería capaz de algo así.

—No puede ser —dijo Efrén. "No él. No tiene sentido".

Era el mismo David con el que había compartido tantas bolsas de Cheetos a lo largo de los años.

El mismo David con el que se había perdido en una excursión escolar al zoológico de Los Ángeles, por lo que su apá tuvo que conducir hasta allá para buscarlos.

El mismo David al que le encantaba visitar y probar los deliciosos milagros de la madre de Efrén, incluso los más picantes.

—¿Y qué vas a hacer al respeto? —preguntó Abraham—. ¿Romperle el hocico?

Sin contestar, Efrén arrancó el cartelón de la pared y lo hizo bola.

Jennifer le tiró de la manga.

—Han y yo vamos a revisar el resto de los cartelones. ¿Por qué no vas a la dirección?

La barbilla de Efrén cayó sobre su pecho. Ya era bastante horrible que el mundo creyera que familias como la de Efrén no se merecían vivir en este país, pero ¿David también?

"¿Por qué, David? ¿Por qué?". Era más de lo que Efrén podía soportar.

Le pasó el cartelón arrugado a Jennifer y se alejó caminando.

Ese camino a la dirección fue uno de los más largos de su vida. "Deportar a Efrén Nava". Las palabras se le habían pegado como chicle masticado en la suela de un tenis, pero ardían como las semillas de un chile. No le cabía cómo David podía ser tan cruel.

Efrén estaba a punto de entrar cuando la puerta se abrió y salió David.

David le dirigió a Efrén una larga mirada de dolor.

Efrén abrió la boca, pero nuevamente, no encontró las palabras.

La Sra. Carey, la directora de la escuela, apareció

inesperadamente detrás de David, agitando una hoja amarilla en el aire.

—Quiero que le devuelvas esta nota a... Oh, Efrén.

Miró a David y luego a Efrén. La tensión entre ellos era palpable.

—Efrén, ¿por qué no entras? Hay algo que deberías saber.

David tomó el pase y desapareció escaleras arriba.

Efrén comenzó a sentir náuseas.

La Sra. Carey sostuvo la puerta abierta.

—Pasa.

Efrén entró, el rostro pálido. La Sra. Carey tomó asiento.

—La seguridad de la escuela atrapó a David dañando cartelones. Pero él no es quien escribió esos insultos raciales. De hecho, estaba dando vueltas por el campus arrancándolos. Solo puedo imaginar lo que debes haber pensado.

Efrén tragó saliva.

—Pensé que David era un amigo horrible. Una persona horrible. Y que no quería volver a verlo nunca más. —Inclinó la cabeza hacia abajo—. Pero resulta que soy yo el amigo horrible por pensar mal de él.

—No seas tan duro contigo mismo. Muchos sacamos

la misma conclusión. —Dio golpecitos al escritorio con su pluma—. No te preocupes. Encontraremos a quien haya escrito esos comentarios abominables. Pero primero, tendrás que presentar un informe. Te enseñaré cómo.

Efrén se sintió terrible por pensar lo peor de su mejor amigo o, como decía David, "su hermano de otra madre".

CAPÍTULO 19

La Sra. Carey excusó a Efrén de la oficina unos minutos antes de que empezara el receso de nutrición. Sin embargo, en lugar de hacer fila temprano y almorzar primero, Efrén volvió a subir al patio para esperar a David.

Cuando sonó la campana, todos los que pasaban se detenían y se quedaban con la esperanza de ver la pelea más grande del siglo.

Efrén no prestó atención a los muchachos que lo rodeaban y le hacían preguntas. Siguió checando a su alrededor y finalmente vio que David venía hacia él.

Pero en lugar de gritarle insultos a David como esperaban todos, Efrén se acercó tranquilamente y le tendió la mano. Los muchachos que miraban abuchearon y sisearon antes de partir en diferentes direcciones.

—Gracias, David —dijo Efrén—. Fue súper buena onda de tu parte. Incluso después de lo que te hice, todavía me cuidabas la espalda.

David simplemente se encogió de hombros.

—Nomás te pagaba el favor.

—¿Favor? ¿Cuál favor?

—Cuando me mudé a este barrio, nunca me trataste diferente, a pesar de ser el único morro gringo en toda la cuadra. Siempre me dijiste mexicano honorario y me presentaste a tus cuates, y me mostraste cómo jala todo acá. Incluso me enseñaste todas las palabras en español que todavía no me sabía, empezando por las maldiciones.

Efrén se rio. De repente, el mundo no parecía un lugar tan horrible. Claro, había alguien en el campus a quien no le gustaban los latinos, pero en ese momento, eso no importaba. Efrén había recuperado a su mejor amigo.

—Bueno, yo también te cuido la espalda —dijo Efrén—. Por eso me retiro de la campaña.

David negó con la cabeza.

—No, gracias.

Efrén juntó las cejas.

—Eres mi mejor amigo. No puedo postularme contra ti. Te lo mereces. Lo demostraste hoy. Además, después de lo que pasó con mi cartelón… No quiero tener nada que ver con ninguna elección.

David negó con la cabeza.

—No puedes renunciar. Me postulé nomás pa' que la gente dejara de pensar que era estúpido. Pero sí sería estúpido si dejara que ganara el méndigo que arruinó tus cartelones. Ni loco. Tú vas a ser —levantó las manos en el aire— nuestro próximo PRESIDENTE.

—No sé. Además, ¿qué onda contigo?

David sonrió.

—Ser vicepresidente es más mi estilo. Vamos, F-mon, hazlo por tu amá.

Efrén levantó la vista.

—Espera. ¿Sabes lo que le pasó?

—Simón. Mi abuela se enteró mientras estaba en la tienda 99 Cents. A diferencia de ti, ella confiaba en mí lo suficiente como para decírmelo. Ayer, me senté enfrente de tu apartamento durante horas, esperando volver a ver a tu amá.

Efrén apretó los labios, que le empezaban a temblar.

—F-mon —continuó David—, ¿por qué no me dijiste?

Efrén miró al suelo.

—Lo intenté. Me dolía demasiado como para decirlo en voz alta.

Los ojos de David parpadearon rápido.

Y sin decir una palabra, se acercó y le dio a su F-mon el abrazo de carnales más largo que la escuela jamás había visto.

—Se te olvida que tu amá siempre me ha tratado como si fuera su hijo. Más que mi propia madre, incluso. Nunca voy a olvidar la vez que tu amá me compró un cinturón pa' mi cumpleaños. Dijo que estaba harta de ver mis calzones.

Efrén empezó a reír entre lágrimas. David también.

—En serio, esta escuela te necesita —dijo David, secándose los ojos.

—¿De verdad crees que podría hacer una diferencia?

David asintió.

—Simón. Me enseñaste que el color de mi piel no importa. Solo que ahora, esta escuela, caray, todo el mundo, necesita que se lo recuerden.

Una voz intervino.

—¿Es una fiesta privada o podemos unirnos?

Era Jennifer, acompañada por Han.

Efrén se secó los ojos.

—Nomás estábamos hablando.

—Sí, obvio —dijo Han.

Jennifer sacó la carta de renuncia de Efrén del bolsillo de su suéter y la agitó en el aire.

—Y bien, ¿qué vamos a hacer respecto a lo que pasó?

—Sí, a ver, señor presidente, ¿cuál es el plan? —añadió David.

Efrén tomó la carta y la sostuvo cerca de su cara, como si pudiera oírla hablar. Respiró hondo.

—¿Entonces? —preguntó Han.

Pero Efrén no respondió. Miró hacia la valla de hierro forjado que rodeaba la escuela y suspiró.

Caminó hasta la cerca fría, enroscando los dedos entre las barras sólidas. Volvió a pensar en el Muro, esa valla fronteriza. En las caras que había visto. Hombres, mujeres y niños esperando en fila para ver a las personas que amaban.

Morros del Muro. Eso es lo que él, Max y Mía eran ahora. De ahora en adelante, cada uno tendría que meter los dedos entre las rejas simplemente para sentir la caricia de su amá.

Su caricia. Algo sin lo que ahora estaría su apá.

Como le era imposible acercarse al muro, nunca podría volverla a ver.

¡NO! Efrén no podía rendirse.

Jamás renunciaría a las rascadas de espalda, los sopes matutinos, ni las voces chistosas que hacía su amá cuando les leía un cuento. Desde que tenía uso de razón, había visto a su amá y su apá sacar diferentes milagros de la nada. Ya sea que los milagros fueran juntar dinero para comprar comida o coser unos pantalones con una toalla de baño para que los gemelos los usaran, Soperwoman y Soperman siempre habían encontrado una forma de proveer lo necesario a su familia.

NO sería un Morro del Muro, un Muroboy.

No lo sería hoy. ¡Y nunca jamás!

David, Jennifer y Han se le acercaron.

Efrén se volvió hacia ellos.

—Puedo lanzar una campaña para educar a los padres. Que entiendan sus derechos. Tal vez haga que otras escuelas se unan a nosotros. Ustedes me ayudarán, ¿verdad? —preguntó Efrén.

Todos asintieron.

—Okey. —Habiendo finalmente tomado su decisión, rompió la carta de renuncia por la mitad. Hoy no habría renuncia. No, por todas las semillitas como él, no podía permanecer enterrado ni un segundo más.

Había llegado el momento de que él fuera el cambio que quería ver.

Había llegado el momento de que fuera Soper también.

De que fuera... *Soperboy.*

AGRADECIMIENTOS

En primer lugar, debo agradecer a mis hijos por pedirme que escribiera este libro. La petición llegó en un momento en que prácticamente había renunciado a mi sueño de ver publicada mi obra. Aun así, quería escribir algo especial para ellos. Algo que importara. Algo que resaltara la belleza de nuestra herencia mexicana. Algo que les ayudara a ver que vale la pena escribir sobre nuestra gente. Algo que les produjera orgullo. Ambos me proporcionaron la energía y la motivación para hacer que esto sucediera.

También debo agradecer a mi esposa, Esther, por estar ahí para mí durante esas largas noches, por tomar el relevo cada vez que mi energía flaqueaba, y por su amor y apoyo. No podría haber hecho esto sin ella.

Para escribir este libro, tomé partes de mi propia

niñez (tanto buenas como malas) y las entrelacé con partes de mi vida actual. A consecuencia, agradezco a todos los que alguna vez jugaron un papel positivo en mi vida. Esto incluye a toda mi familia: Abigaíl, Isaac, Esther, Francisco, Martha, Jeff, Alma, Edgar, Karla, Willie, Destinee, Marco, Max, Mía…. y por supuesto, mi amá, María Elena (el corazón y el alma de esta historia).

Gracias a todos por ser *soper*.

Este libro existe gracias a ustedes.

Sin embargo, mis agradecimientos no terminan ahí. Nada de esto sería posible sin mi increíble y talentosa agente, Deborah Warren de East West Literary, por ver mi potencial y creer en mí incluso cuando nadie más lo hizo, incluido yo mismo. Tienes mi eterna gratitud.

Un agradecimiento especial a mis editores, Rosemary Brosnan y Jessica MacLeish. Les agradezco a ambas el ayudarme a convertir mi libro en la novela de mis sueños. No puedo imaginar haber atravesado esta experiencia sin ustedes dos a mi lado.

A toda la familia HarperCollins, especialmente al increíble equipo de edición: Nicole Moreno, Rita Pérez, Gweneth Morton, Alexandra Rakaczki. Les agradezco a todos por hacer brillar todas y cada una de las páginas.

Gracias a Jay Bendt por crear una portada de libro tan brillante. Es todo lo que podría haber deseado, y más.

También me gustaría agradecer a Denise Deegan y Susan L. Lipson por sus valiosos comentarios durante las primeras etapas del manuscrito.

¿Y dónde estaría yo sin el grupo de críticos más increíble del mundo, los Tightens? Jesper Widén, Beverly Plass, Alan Williams, Sonja Wilbert y Heather Inch-Desuta... Les agradezco por tomarme bajo sus alas y por estar siempre ahí para mí.

Un reconocimiento especial a Mary Carey, Sandra Rubio y Juana María Córdova Ornelas por todo su apoyo y aliento a lo largo de los años, y por revisar todos esos horribles borradores iniciales.

Por último, me gustaría tomarme un momento para agradecer a todos mis alumnos (tanto del pasado como del presente) por su continuo apoyo. Ha sido un honor enseñarles (y aprender de ustedes) a lo largo de mi carrera. Hay un poco de todos y cada uno de ustedes en todo lo que escribo.